Uwe Goeritz

Griechische Küsse

Bibliografische Information der Deutschen Nationalbibliothek:

Die Deutsche Nationalbibliothek verzeichnet diese Publikation in der Deutschen National-bibliografie; detaillierte bibliografische Daten sind im Internet über http://dnb.dnb.de abruf-bar.

Coverfoto: Marion Jana Goeritz

Herstellung und Verlag: BoD – Books on De-mand, Norderstedt

ISBN: 978-3-7448-7274-4

Inhaltsverzeichnis

Griechische Küsse

War ihr ganzes bisheriges Leben eine einzige Lüge? Diese Frage stellt sich Jette, die Heldin dieser Geschichte. Nach dem Tod ihrer Mutter findet sie Hinweise darauf, dass die Geschichten, die ihr die Mutter über ihren Vater erzählt hatte, so nicht ganz stimmten.

Sie macht sich auf die Suche nach ihm und beginnt eine Reise, auf den Spuren der Mutter, in eine Zeit, in der ihr Leben einst begann. Auf Kreta stolpert sie Grigori in die Arme und es scheint so, als ob die Geschichte ihres Lebens vollkommen neu geschrieben wird. Oder doch nicht? Macht sie die Fehler ihrer Mutter ebenfalls? Wiederholt sich die Geschichte?

Sämtliche Figuren, Firmen und Ereignisse dieser Erzählung sind frei erfunden. Jede Ähnlichkeit mit echten Personen, ob lebend oder tot, ist rein zufällig und vom Autor nicht beabsichtigt.

1. Kapitel

Ein nächtlicher Ruf

Ein Klingeln schreckte sie aus dem Schlaf. Nach der Uhr auf ihrem Nachttisch war es kurz vor zwei Uhr in der Früh. „Wer ruft mich denn um diese Uhrzeit an?" fragte sich Jette laut, aber da hörte das Klingeln auch gerade auf. Sie griff zum Telefon und sah eine ihr unbekannte Nummer im Display des Gerätes, das langsam verlosch. Sie schaltete das Licht der kleine Nachttischlampe an und setzte sich im Bett auf.

Es piepte zwei Mal, eine Nachricht in der Mailbox war angekommen und nun wollte sie aber auch wissen, wer sie so früh gestört hatte. Das den Tag über immer mal wieder irgendwelche Callcenter bei ihr anriefen, um sie nach allem Möglichen zu befragen, war sie schon fast gewohnt, aber um diese Zeit?

Verschlafen drückte sie die Taste und hörte die Sprachnachricht ab. Eine Frauenstimme sagte „Ihre Mutter hatte einen Unfall und befindet sich im Krankenhaus. Es sieht nicht gut aus. Könnten sie bitte kommen?" dann kam noch die Adresse des Krankenhauses und die Nachricht war zu Ende. Sofort war Jette hellwach. Zwei Tage zuvor war sie noch bei ihrer Mutter gewesen. Diese lebte in einer kleinen Stadt etwa fünfzig Kilometer entfernt und nur am Wochenende schaffte es Jette manchmal, sie zu besuchen.

Sie dachte gar nicht daran, zurück zu rufen und sich zu erkundigen, ob es wirklich so war, sondern sie stürmte in das Bad und zog sich schon im Gehen die Sachen aus, damit es schneller ging. Duschen und Zähneputzen wurde in einem gemacht und nach nicht mal zwanzig Minuten saß sie im Auto und fuhr durch die Nacht. Erst jetzt fiel ihr ein, dass sie ja in ein paar Stunden wieder auf der Arbeit sein musste und dass sie das unmöglich schaffen würde. Sie drückte die Nummer ihrer Freundin Monika in das Telefon und hörte auf das Klingeln in der Freisprechanlage.

Die Freundin meldete sich genauso verschlafen, wie Jette noch vor ein paar Minuten, war aber auch sofort hellwach, wie sie an der Stimme hörte. Schnell erzählte Jette, was sie schon wusste und bat die Freundin darum, sie auf Arbeit zu entschuldigen. „Melde dich bitte, wenn du was weißt." sagte Monika noch und legte dann auf.

Die Straßen waren um diese Zeit menschenleer und so konnte sie schneller als sonst durch die Gegend fahren.

Die Frau hatte gesagt, dass die Mutter einen Unfall hatte. Um diese Uhrzeit? Es war doch schon mitten in der Nacht, oder besser früh am Morgen und was sollte sie da für einen Unfall haben? Jeder normale Mensch war doch um diese Zeit im Bett. Jeder außer Jette und nun sicher auch Monika, die bestimmt nicht wieder einschlafen konnte.

Das Ortseingangsschild kam auf sie zu und nun dachte sie daran zu bremsen, um nicht mit hundert Sachen durch den Ort zu donnern. Das Krankenhaus kannte sie gut, früher hatte sie da mal zwei Wochen wegen ihrer Galle gelegen und so fand sie auch im Dunklen den kleinen Parkplatz, wo um diese Zeit nur zwei weitere Autos standen und sie damit kein Problem hatte, den Platz direkt vor dem Eingang zu nehmen.

Wenig später stand sie an dem Tresen der Empfangshalle und fragte nach ihrer Mutter. Die Schwester schaute in dem Computer nach und rief dann auf der Station an. Nach wenigen Minuten öffnete sich eine Fahrstuhltür und ein junger Arzt betrat die Halle. Er kam auf sie zu und begann, während er Jette zum Fahrstuhl führte, zu erzählen „Ihre Mutter muss die Treppe herunter gestürzt sein. Eine Nachbarin hatte sie dort gefunden. Sie hat viel Blut verloren und sicher hat sie dort schon ein paar Stunden gelegen." Jette nickte verstehend und der Mann setzte fort „Sie wird gerade operiert und wenn wir etwas wissen, werde ich es ihnen gleich sagen." Die Tür des Liftes öffnete sich zu einem langen Flur, wo der Mann auf eine Bank an der Wand zeigte, auf die sie sich setzen konnte. Lange hielt es sie dort aber nicht. Immer wieder sah sie auf die Zeiger der großen Uhr, die direkt vor ihr hing. Aufgeregt ging Jette den Flur auf und ab. Ihre Schritte hallten dort entlang. Sie schien alleine auf der Welt zu sein. Niemand war zu sehen.

Schließlich zwang sie sich zur Ruhe und setzte sich wieder. Das grelle Licht der Neonröhren tauchte alles in ein kaltes blau-weiß. Es ging auf halb sieben, als der Arzt wieder bei Jette an der Bank stand und betreten sagte „Wir konnten nichts mehr für sie tun. Die Kopfverletzungen und der Blutverlust waren zu stark." Jette, die kurz aufgestanden war, fiel auf die Bank zurück und starrte den Mann an. War das gerade eben wirklich passiert? Alles aus? Sie würde die Mutter niemals lebend wieder sehen können!

„Kann ich sie noch mal sehen?" fragte Jette und der Arzt nickte. Er brachte sie in einen Raum, in den ein paar Minuten später auch das Bett mit der Mutter geschoben wurde. Eine große Platzwunde an der Stirn war genäht worden und sie sah sehr bleich aus. Aber sonst wirkte sie, als ob sie schliefe. Jette setzte sich auf einen Hocker und hielt die Hand der Mutter, die noch ganz warm war. Ihre Tränen tropften auf das Gesicht der Frau und sie blieb einfach so sitzen. Als sie das Zimmer wieder verließ zeigte die Uhr schon fast zehn Uhr.

Was war jetzt noch zu tun? Sie hatte keine Ahnung. Vielleicht konnte ihr der Arzt helfen und sie begann ihn zu suchen. Die ganze Station lief sie ab und überall, wo eine Tür offen stand, schaute sie in das Zimmer hinein. Erst im letzten Raum, offensichtlich einem Aufenthaltsraum der Schwestern und Ärzte, fand sie ihn. Er bot ihr einen Stuhl und einen Kaffee an, was sie beides annahm. Sie begann alles über die Formalitäten zu fragen und er erzählte und half ihr bei all ihren Fragen. Anscheinend hatte er darin schon etwas Erfahrung.

„Machen sie das oft?" fragte sie zum Schluss und hatte so das Gefühl, als ob er bei der Frage erschrak. „Nein, nicht wirklich. Mein Vater ist vor einem halben Jahr gestorben. Daher weiß ich das alles. Hier im Krankenhaus war das der erste Fall, seit ich hier bin." Jette stand auf und verabschiedete sich von dem Mann. Es gab ja noch so viel zu tun. Auch Monika wollte sie noch schnell anrufen und so stand sie ein paar Minuten später mit dem Schlüssel in der Hand vor dem Haus, in dem die Mutter bis zum Vortag noch gewohnt hatte. Irgendwie war nun alles anders, obwohl sie das Haus schon ewig kannte.

Sie dachte daran, dass sie vor lauter geschäftigen Treiben nur kurz um die Mutter getrauert hatte und schämte sich im Moment dafür. Was wollte sie hier? Abschied nehmen?

2. Kapitel

Der unerwartete Fund

Noch immer stand Jette, mit dem Schlüssel in der Hand, unschlüssig vor der Haustür, als ein älterer Mann diese direkt vor ihr öffnete und beim Herausgehen fast mit ihr zusammengeprallt wäre. Er kannte sie vom Sehen, hielt ihr die Tür auf und nun musste sie hinein gehen, auch wenn sie dazu vielleicht noch nicht bereit war. Sie bedankte sich und trat ein. Der alte Flur roch noch immer so, wie es die Frau seit ihrer Kindheit in der Erinnerung gehabt hatte. Ein Gemisch aus Bohnerwachs und der alten Farbe auf der Wand. Irgendwie unbeschreiblich und doch markant.

Langsam stieg sie die Treppe hinauf und am Absatz vor dem Knick, an dem es zu der Wohnung der Mutter ging, sozusagen auf halber Treppe darunter, hatte jemand mit Scheuermittel die Stufe so sehr geschrubbt, dass der Unterschied zu den anderen Stufen mehr als auffällig war. Für einen Moment traute sie sich nicht, diese Stufe zu überschreiten, dann kam eine junge Frau von oben zu ihr herunter.

Jette sah zu ihr auf und erkannte die Tochter der Nachbarin. Die junge Frau blieb vor ihr stehen und fragte „Wie geht es ihrer Mutter?" und Jette schüttelte nur den Kopf. Erschrocken begann die junge Frau zu erzählen „Ich bin in der Nacht von der Disko gekommen und habe sie hier gefunden." Auch wenn es nichts mehr genützt hatte, bedankte sich Jette bei der Frau für ihre Hilfe und ging dann, die Stufe auslassend, nach oben weiter.

In der Wohnung sah alles so aus, als ob die Mutter gerade eben nur kurz aus dem Zimmer gegangen wäre. Was hatte sie wohl zu so später Stunde gewollt? Vielleicht etwas aus dem Keller holen? Das Radio spielte noch ganz leise Musik und Jette stellte es ab. Ein Kuchenblech und Backteig standen noch auf dem Tisch in der Küche. Vermutlich hatte die Mutter einen Kuchen backen wollen und dazu noch das Obst aus dem Keller gebraucht. In ihren Filzschuhen war sie dann anscheinend gestürzt.

Jette musste zwanghaft alles aufräumen. Auch wenn sie fast darauf wartete, das die Tür aufging und die Mutter mit dem Glas Obst herein kam. Die Frau band sich eine Schürze um, zog ihre langen, schwarzen Haare zu einem Zopf zusammen und begann in der Küche aufzuräumen, als wäre es das selbstverständlichste der Welt. Nach der Küche kamen die anderen Räume an die Reihe. Warum sie das machte wusste sie im Moment selbst nicht. Vielleicht war es eine Art von Beschäftigungstherapie, um nicht nachzudenken. Als sie alle Reinigungsmittel in den Schrank zurückstellen wollte fiel ihr von oben, so als ob da jemand nachgeholfen hätte, eine große Kiste auf den Kopf.

Jette hielt sich den Kopf und sah auf die Zettel und Fotos herunter, die aus der Kiste zu Boden gefallen waren. Sie hockte sich daneben und begann alles wieder einzusammeln und sah sich dabei natürlich auch die Bilder an. Einige kannte sie schon. Es waren viele Fotos von ihr dabei, aber auch einige aus der Jugend der Mutter. In der Kiste hatte auch ein Stapel mit Briefen gelegen, die sorgsam mit einem roten Seidenband zusammengefasst waren und damit natürlich Jettes Aufmerksamkeit besonders auf sich zogen.

Schnell warf sie alles hinein und trug die Kiste dann in die Wohnstube, wo sie, auf dem Sofa sitzend, noch einmal alles ansah, was die Mutter anscheinend ihr ganzes Leben lang ungeordnet in diese Kiste geworfen hatte. Den Briefstapel wollte sich Jette bis zum Schluss aufheben. Als ihr Blick auf die Uhr in der Stubenanrichte fiel, bemerkte sie, dass es schon auf 19:00 Uhr ging und sie doch am nächsten Tag auf Arbeit sein musste. Also warf sie schnell alles zurück in die Kiste, klemmte sich diese unter den Arm und verließ die Wohnung.

Bereits eine Stunde später saß sie auf ihrem eigenen Sofa, die Kiste vor sich abgestellt und begann wieder die Fotos und Dokument zu sichten. Auf einem Foto sah sie die Mutter mit zwei Männern vor einem weißen Haus stehen. Dieses Bild zog sie besonders an und sie drehte es um „Kreta Sommer 1991" stand darauf und mit einem Mal war Jette wie elektrisiert. Sie war im März 1992 geboren worden und die Mutter hatte ihr nie gesagt, wer ihr Vater war. Nur Ausflüchte hatte Jette erfahren.

Konnte es sein, dass einer der Männer auf dem Bild ihr Vater war? Oder war es nur ein Zufallsfund gewesen? Die Briefe fielen ihr wieder ein. Sie nahm den Stapel an sich und zog die Schleife auf. Der erste Brief auf dem Stapel war von Weihnachten 1991 und die anderen darunter reichten zurück bis zum Juli des gleichen Jahres. Danach war kein Brief mehr darunter. Weder von

1992 noch später. Aber aus den Monaten zwischen Juli und Dezember waren es sicher mehr als fünfzig Briefe.

Jette stapelte sie um und begann vom Sommer an einen nach dem anderen zu lesen. Sie stammten alle von einem Mann mit dem Namen Alexander und enthielten zum Teil nur belangloses, wie Wetterbeschreibungen, aber zum anderen Teil auch Liebesschwüre und sogar kleine Gedichte. Wer war dieser Mann? Gern hätte sie jetzt dazu die Mutter befragt, aber das war ja nicht mehr möglich. Die Adresse stand noch auf dem Umschlag und Jette begann im Internet nach dieser Adresse zu suchen. Als ihr Blicke auf die Uhr im Computer fiel, bemerkte sie, dass es gerade 24 Stunden her war, dass sie die schockierende Nachricht vom Unfall erhalten hatte.

Eigentlich hätte sie in ihr Bett gemusst, schließlich hatte sie schon die letzte Nacht nicht geschlafen und wollte ja am Morgen wieder zur Arbeit gehen, doch sie war so gar nicht Müde. Schließlich zwang sie sich in ihr Bett, um zu schlafen. Alles andere hatte noch Zeit. Aber auch im Traum holte sie der Mann wieder ein. Sie sah das Bild der beiden Männer und fragte sich, welcher der Beiden wohl Alexander war. Mit einem

Klingeln holte der Wecker sie zurück aus dem fernen Land.

Vollkommen übermüdet schleppte sie sich in das Bad und duschte kalt, um wieder fit zu werden. Es half und wenig später saß sie schon im Auto und fuhr zu ihrer Arbeitsstelle. Monika saß schon im Büro und kam der Freundin sofort entgegen, sie sprach ihr ihr Beileid aus und wollte natürlich alles ganz genau wissen. Jette erzählte noch nichts von ihrem Fund, reichte aber für die folgenden zwei Wochen ihren Urlaub ein. Viele Dinge waren ja noch zu klären und irgendwie zog es sie nun doch schon ein wenig nach Süden.

3. Kapitel

Trost in schweren Zeiten

D er erste „Urlaubstag" hatte begonnen und es gab noch so viel zu erledigen. Jette wusste gar nicht, wo sie anfangen sollte und darum dachte sie daran, sich Hilfe zu suchen. Plötzlich fiel ihr der Arzt wieder ein, der ihr ja schon am Anfang behilflich gewesen war. Also beschloss sie, zu dem Krankenhaus zu fahren und hoffte, dass er da sein würde. Für einen Moment überlegte sie, ob das bunte, kurze Sommerkleid dem Anlass angemessen erschien, verwarf aber sofort diesen absurden Gedanken. Welcher Anlass wäre das wohl? Sie war ja noch nicht auf der Trauerfeier! Wenig später hielt sie vor dem Krankenhaus und diesmal war es etwas schwieriger einen Platz für das Auto zu finden. Nach ein paar Runden auf dem Platz gab ein anderes Auto einen Parkplatz frei, den sie sofort belegte.

Schließlich betrat Jette den Lift und fuhr nach oben auf die Station. Diesmal begab sie sich sofort zu dem Aufenthaltsraum und traf den Mann dort auch wirklich an. Der Arzt redete mit zwei Schwestern. Sie klopfte an den Türrahmen der offenen Tür und der Mann schaute kurz zu ihr auf. Freundlich nickte er ihr zu und Jette wartete, bis die beiden Schwestern zu ihrer Aufgabe gerufen wurden, dann trat sie in das Zimmer ein. „Kannst du mir helfen?" fragte sie und bemerkte sofort, dass sie ihn mit „Du" angeredet hatte.

Er nickte und sie begannen zusammen eine Liste zu machen, mit den Dingen, die wichtig waren. Nebeneinander saßen sie an dem Tisch in dem Raum und Jette hatte das Gefühl bei ihm unendlich geborgen zu sein. Schließlich fragte sie ihn einfach nach seiner Telefonnummer und wann er Feierabend hatte. Die Nummer schrieb er auf das Blatt und dann sagte er „Heute Abend gegen 18 Uhr." „Fein. Ich hole dich ab. Zum Dank für deine Hilfe gehen wir schön essen." legte sie einfach fest und erhob sich von dem Stuhl. Er nickte ihr nur freundlich zu und als sie sich zum Abschied die Hand gaben durchzog ein Kribbeln ihren ganzen Körper, so als ob tausende Ameisen von seiner Hand, über ihren Arm zu ihrem Rücken liefen.

Bis zum Nachmittag hatte sie schon die Hälfte der Punkte auf der Liste geschafft, dann begann sie sich für den kommenden Abend vorzubereiten. Zum Glück hatte sie noch ein paar Kleider in die Tasche eingepackt, mit der sie in die Wohnung der Mutter gefahren war. Bunt oder schwarz war die Frage. Sie entschied sich für ein schönes Sommerkleid mit leuchtenden Blumen darauf. Jette konnte es kaum erwarten, dass es endlich so weit war und darum fuhr sie schon eine halbe Stunde früher los.

Auf der Fahrt dachte sie daran, wann sie das letzte richtige Date gehabt hatte. Konnte man dieses Treffen hier eigentlich so nennen? Es sollte ja nur ein unverbindliches „Danke" für die Hilfe werden, aber tief in sich spürte Jette, dass da noch etwas anders war. Sie konnte es nicht so richtig beschreiben, doch es war schön. Das letzte Mal, dass sie sich so gefühlt hatte, war vor fast vier Jahren, als sie damals mit Harald in das Theater gegangen war und das war auch ihr letztes Treffen mit einem Mann gewesen. Warum eigentlich? Komischerweise hatte sie Harald damals auch nie wieder gesehen, von einem Tag auf den anderen war er aus ihrem Leben verschwunden. Praktisch über Nacht. Nach was für einer Nacht!

Aufgedreht wie ein Teenager wartete sie in ihrem Auto, bis er aus dem Eingang des Krankenhauses kam. Fast hätte sie ihn nicht erkannt. Sie stieg aus, winkte ihm zu und er kam zu ihr herüber. Der Anzug, den er trug, stand ihm wirklich sehr gut. Sie begrüßte ihn mit einem Kuss und er war gar nicht überrascht. Auf dem kurzen Weg bis zu dem Lokal roch sie sein Parfüm, das ihr sehr gut gefiel. Herb und männlich, so wie sie es mochte.

Jette hatte sich für ihr altes Lieblingslokal entschieden, dass sie schon als Jugendliche gern besucht hatte und vermutlich war es auch schon das ihrer Mutter gewesen. Hier konnte sie richtig abschalten und musste an nichts denken. Es gefiel ihr und er gefiel ihr auch mit seiner Art. Sie lachten und unterhielten sich sehr gut. Immer mehr fühlte sie sich zu ihm hingezogen und als sie ihn nach Hause bringen wollte, landete sie dann doch vor dem Haus ihrer Mutter, obwohl das in einer ganz anderen Gegend lag, als sein Zuhause.

„Kommst du noch auf einen Kaffee mit rauf?" fragte sie ihn vollkommen unverfänglich, merkte aber schon, wie sie bei der Frage rote Ohren bekam. Vermutlich hatte er es ebenfalls bemerkt, trotzdem stimmte er zu und wenig später saßen sie auf dem Sofa in der Wohnung. Nach ein paar Minuten lag seine Hand, fast wie unbeabsichtigt, auf ihrem Knie und sie genoss die Wärme seiner Berührung, die durch den dünnen Stoff des Kleides zu ihrer Haut drang. Es kam, wie es kommen musste und sie landeten im Bett. Sie genoss seine Finger auf ihrer nackten Haut. Kraftvoll und doch ungemein sanft nahm er sie in seine Arme. In einer innigen Umarmung schlief sie später ein und erwachte genauso wieder am nächsten Morgen, als sein Telefon sie beide weckte.

„Ich muss zur Arbeit." sagte er und küsste sie. Jette rollte sich zur Seite und sah ihm nach, wie er in das Bad hinüber ging. Schon kurze Zeit später hörte sie das Wasser rauschen und stand auf. Als er angezogen aus dem Bad kam, erwartete sie ihn mit einer Tasse im Flur und sagte „Hier ist der versprochene Kaffee." Dabei lächelte sie ihn an und er gab ihr einen weiteren Kuss. „Sehen wir uns heute Abend?" fragte er und sie nickte glücklich. Als er dann gegangen war legte sie sich noch einmal in ihr Bett und dachte an die Nacht zurück. Das war eigentlich so gar nicht ihre Art, sich einfach so hinzugeben.

War es eine Art von Trost, die sie in seinen Armen gesucht hatte? Aber Trost wofür? Oder warum? Wegen ihrer Mutter? Seltsamerweise ließ sie deren Ableben sonderbar unberührt. Irgendwie war eine Blockade in ihr, die verhinderte, dass sie in Trauer zerfloss. Das Bild der Mutter fiel ihr wieder ein und das Gefühl, welches sie am Vorabend mit dem Arzt gehabt hatte. Vielleicht war es bei ihrer Mutter, damals im Urlaub, ähnlich gewesen. Sonne und Urlaub und dann ein Flirt?

Jette stand auf und ging unter die Dusche. „Habe ich ihn eigentlich nach seinem Namen gefragt?" dachte sie erschrocken, während sie unter dem warmen Wasser stand. Irgendwie war das ihr gar nicht in den Sinn gekommen. Als sie das Handtuch vom Halter nahm fiel ein kleiner Zettel herunter „Vielen Dank für die schöne Nacht. Freddy" stand darauf und ein Herz hatte er noch darunter gezeichnet. Sie drückte den Zettel an ihr Herz und er durchweichte von dem Wasser auf ihrer Haut. Liebte sie diesen Mann? Zumindest mochte sie ihn sehr gern.

4. Kapitel

Fliegen oder bleiben?

Mit dem Foto in der Hand saß sie auf dem Fensterbrett und schaute nach draußen. In zwei Tagen würde diese Wohnung hier geräumt sein und schon in der nächsten Woche würden andere Mieter hier wohnen. Sie hatte Glück gehabt, dass der Vermieter so schnell einen Nachmieter gefunden hatte und sie somit nicht für weitere drei Monate noch Miete zahlen musste. Alles war ganz fix gegangen. Gestern hatte sie erst bei ihm angerufen und gerade eben hatte sie am Telefon vom Nachmieter erfahren.

Am offenen Fenster schaute sie auf den kleinen Innenhof, der mit den Bäumen und Büschen auch als Kinderspielplatz zu gebrauchen war. Sie selbst hatte da oft mit ihren Freundinnen gespielt, während die Mutter hier oben gesessen hatte, so wie nun sie selbst. Alles Wertvolle, alle Erinnerungen der Mutter waren in drei Koffer verpackt und den Rest sollte bekommen wer wollte. Vielleicht eine bedürftige Familie, aber das war nun nicht mehr ihr Problem. Am nächsten Tag würde jemand von der Wohlfahrt diese Sachen und Möbel abholen.

Am nächsten Tag würde auch die Beerdigung sein und vielleicht würde Freddy sie dorthin begleiten. Dazu musste sie ihn am Abend noch befragen, wenn er wieder bei ihr sein würde. Sie freute sich schon auf den Mann und dachte an das Essen vom Vorabend und die schöne Nacht. War sie zu schnell vorgegangen? Vier Jahre ohne Mann! Doch ihm schien es gefallen zu haben. Sie lehnte sich an den Fensterrahmen. Trotz der offenen Fenster war es sehr heiß in der Wohnung und sie hatte nur ein kurzes Top und eine alte Jeans mit abgeschnittenen Beinen an. So war es gerade noch auszuhalten.

Jette sah wieder auf das Bild in ihrer Hand und dachte daran, dass es auf Kreta sicherlich im Moment noch viel heißer sein würde. Die Frau auf dem Foto, ihre Mutter vor unendlichen Zeiten, trug fast dasselbe wie das, was Jette auch gerade trug. Sommer im heißen Süden und das, wo die Mutter nie so richtig ins Warme wollte. Oder etwa doch? Sie erinnerte sich daran, wie ihre Freundin einmal, vor sicher zehn Jahren, nach Griechenland in den Urlaub geflogen war und sie danach die Mutter monatelang gebettelt hatte, auch mal dorthin zu reisen.

Stattdessen waren sie dann an der Ostsee gewesen. Jetzt dachte sie, dass die Mutter absichtlich nicht dorthin wollte. Vielleicht aus Angst vor Alexander? Wieder wehte ein saharaheißer Gluthauch von draußen herein und trieb ihr den Schweiß auf die Stirn. Jette ging in das Zimmer und klappte den Computer auf. Die Seite mit der Insel Kreta war noch offen. „Heute 42 Grad und strahlender Sonnenschein." stand ganz oben und das hörte sich noch viel heißer an als die 27 Grad, die sie gerade auf dem Thermometer am Fenster abgelesen hatte.

Sie suchte sich die Karte der Gegend heraus und stieß auf die Werbung von ein paar kleinen Hotels. Sollte sie dorthin, um ihren Vater kennen zu lernen? Noch hatte sie mehr als eine Woche Urlaub. Die Bilder sahen schön aus und sie überlegte, wann sie das letzte Mal weggefahren war. Es war schon fünf Jahre her, als sie mit ihrer Freundin Monika in Dänemark gewesen war. Danach war nur noch Urlaub auf dem Balkon angesagt gewesen.

Sollte sie fliegen?

Sie dachte an Freddy und an die Temperaturen. Konnte sie nicht auch hier, bei dem Manne, Urlaub machen? Hin und hergerissen überlegte sie, was sie machen sollte. Alexander wusste vermutlich nicht mal etwas von ihr und hatte sich vor 24 Jahren das letzte Mal bei Jettes Mutter gemeldet. Sicher hatte er nun ein neues Leben und eine neue Familie. Konnte sie da einfach so auftauchen und sagen „Hallo Papa!"?

Sollte sie bleiben?

Die Frau auf dem Foto sah glücklich aus und Jette konnte sich nur an wenige Tage erinnern, an denen sie ihre Mutter so glücklich gesehen hatte. Vielleicht war es keine schlechte Idee, einfach dort hin zu fliegen und ohne Absicht einfach den Spuren der Mutter zu folgen? Die Seite war ja noch offen und schon eine viertel Stunde später waren Unterkunft und Flug gebucht. Noch zwei Tage warten und dann eine Woche Kreta. Sie klappte den Laptop zu und setzte sich mit einer Flasche Wasser zurück auf das Fensterbrett.

Wieder hatte sie etwas getan, was sie sonst nicht getan hatte. Sie hatte eine spontane Entscheidung getroffen. Sonst dachte sie über ein neues Bild oft tagelang nach, bevor sie sich entschlossen hatte, es an diese oder an jene Wand zu hängen und nun hatte sie, praktisch von jetzt auf gleich, einen Urlaub gebucht und wollte dorthin, wo es ihrer Mutter einst so gut gefallen hatte. Vielleicht würde es ein Abschied von der Mutter werden. Vielleicht aber auch ein Treffen und Neubeginn mit ihrem Vater, den sie nie kennengelernt hatte. Nie kennen lernen durfte. Wieder dachte sie an die Ausflüchte der Mutter.

Das Telefon begann zu brummen und Jette nahm das Gespräch an. Der Vermieter wollte ihren Nachmietern die Wohnung zeigen und sie erbat sich noch schnell eine Stunde zur Vorbereitung. Nun musste alles ganz schnell gehen, denn wenn diese Leute die Wohnung ablehnen würden, so musste Jette vielleicht für die drei Monate doch noch zahlen und das wollte sie nicht. Beinahe auf die Minute genau war sie fertig, nur ein paar Augenblicke zum Verschnaufen waren geblieben, als es klingelte und der Vermieter mit einem jungen Pärchen vor der Tür stand.

Die Beiden waren sicher gerade mal zwanzig und es würde bestimmt ihre erste gemeinsame Wohnung sein. Jette setzte sich wieder an ihr Fenster und schaute von dort den Beiden zu, wie sie mit leuchtenden Augen durch die Wohnung gingen. Sie malten sich bestimmt schon in Gedanken aus, wo sie ihre Möbel hinstellen wollten und Jette dachte daran, dass es vielleicht auch für sie irgendwann mal mit jemanden und einer gemeinsamen Wohnung klappen sollte. Hatte sie dazu den richtigen Zeitpunkt verpasst? Oder war ihr nur der richtige Mann noch nicht über ihren Weg gelaufen? Sie dachte an Freddy und das warme Gefühl des „Verliebt-Seins" stellte sich bei ihr wieder ein. War er der richtige? Oder nur ein Trost in der Not? Sie wusste es nicht und sah in die verliebten Augen des jungen Pärchens.

Nach nicht mal dreißig Minuten hatten sich die Beiden, trotz der Hitze in der Wohnung, entschieden und die Frau bedankte sich bei Jette, dass sie die Wohnung sehen durften. Nun war soweit alles klar und den Rest des Tages blieb sie einfach so sitzen und schaute nach draußen. Alles auf der Liste war getan und abgehakt. Nichts mehr vorzubereiten, nur noch warten und an die Zeiten zurückdenken, in denen sie hier mit der Mutter gelebt hatte. Sie ließ ihren Blick über die Möbel der Wohnung schweifen.

In diesen Räumen hatte sie die ersten achtzehn Jahre ihres Lebens verbracht. Hier hatte sie auch manchmal einen Freund mitgebracht, wenn die Mutter gerade mal nicht dagewesen war und auf dem Sofa hatte sie ihre Unschuld verloren.

Schön war das alles damals gewesen, aber nun musste ein Neubeginn her!

5. Kapitel

Flugangst?

Mit ihrem kleinen Koffer stand Jette in der Abfertigungshalle auf dem Flughafen. Sie hatte nur leichte Sachen eingepackt, denn die Temperaturen waren in den letzten Tagen dort unten auf der Insel eher gestiegen. Der Trend zeigte einfach nur nach oben. Das würde ihr erster Flug werden und entsprechend aufgeregt war Jette. Überall blinkten Lichter und Anzeigetafeln drehten sich fast im Minutentakt. Sie war zwei Stunden eher auf dem Flugplatz gewesen und nun hatte sie schon fast eine halbe Stunde hier gestanden und noch immer nicht verstanden, wie das Ganze funktionierte.

„Das wird so nichts!" stöhnte sie leise und sah ein Schild mit der Schrift „Information" und einem dicken Pfeil. Sie folgte der Schrift und sah eine Schlange von Menschen, die dort schon warteten und offensichtlich denselben Gedanken gehabt hatten, wie Jette. Nach einer weiteren halben Stunde war sie ganz vorn und zeigte einer jungen Frau, die trotz der herrschenden Hitze im hoch geschlossenen Kostüm dort saß, ihr Ticket.

„Schalter fünf." sagte die Frau und zeigte auf ein Schild, dann sagte sie „Der Nächste!" und ließ Jette stehen. Sie wurde einfach von einem dicken, schwitzenden Mann zur Seite geschoben und war immer noch so schlau, wie vor einer Stunde. Schalter 5 hatte die Frau gesagt und nun sah Jette die kleinen Zahlen über den Tischen. Sie suchte den richtigen und hatte ihn nach ein paar Minuten erreicht.

Sie hielt das Ticket hin und gab den Koffer ab. Wenig später war ihr Gepäck durch einen Tunnel hinter dem Schalterverschwunden und sie stand nur mit ihrer Handtasche da. „Und nun?" dachte sie sich und sah sich um. Ein paar Flugbegleiterinnen gingen an ihr vorbei und sie folgte ihnen. Mit einem Mal sah sie wieder eine 5 über einem Durchgang und bog dorthin ab. Wenig später stand sie vor einer Glaswand, hinter der sie einige Flugzeuge stehen sah.

Eines davon würde sicher ihres sein und sie folgte den auf dem Boden aufgemalten Pfeilen, auf denen ebenfalls eine 5 zu sehen war. Irgendwie war das hier alles ganz logisch aufgebaut, wenn man nur wusste, wohin man wollte. Vor einer offenen Flugzeugtür blieb sie stehen und zeigte einer dort stehenden Flugbegleiterin ihr

Ticket. Die Frau nickte und zeigte nach drinnen. Nun ging Jette im halbgefüllten Flugzeug durch den Gang und suchte ihre Reihe. Endlich hatte sie ihren Platz gefunden und saß auch noch am Fenster.

Immer mehr Menschen kamen in das Flugzeug und eine junge Frau hatte den Platz neben Jette. Die beiden Frauen waren sich sofort sympathisch. Sie unterhielten sich, Rebecca, die andere Frau, war schon ein paar Mal auf Kreta gewesen und begann davon zu schwärmen, wie toll es dort war. Plötzlich setzte sich das Flugzeug in Bewegung und rollte ein Stück. Jette begann sich in die Lehne zu krallen und Rebecca schloss den Gurt von Jette und danach ihren eigenen.

Gebannt starrte Jette auf die sich zuerst langsam und dann immer schneller bewegenden Gebüsche am Rande der Startbahn. Immer fester krallte sie sich in die Lehne. Dann zog das Flugzeug nach oben und ihr Magen wollte am Boden bleiben. Ein ungutes Gefühl machte sich in ihr breit und Rebecca hielt ihr vorsichtshalber eine Tüte hin. Jette hatte im Moment keine Hand frei, um die Tüte selbst zu halten, und es begann in ihrem Inneren zu würgen. Wenn Rebecca die

Tüte nicht aufgehalten hätte, wäre sicher alles auf ihre Hose gegangen.

Nachdem sie sich wieder abschnallen durfte stand sie mit zitternden Knien auf und ging den Gang nach vorn, wo sie beim Einsteigen die Toilette gesehen hatte, um sich frisch zu machen und entsorgte dabei den Beutel unterwegs, in einem dafür vorgesehenen Behältnis. Das Flugzeug flog nun über den Wolken dahin, in ein paar Minuten würde Jette wieder am Fenster sitzen und nach unten schauen. Sie tauchte die Hände in das kalte Wasser, das aus dem Hahn strömte, und wusch sich das Gesicht. Vielleicht konnte sie ja auch den Platz mit Rebecca tauschen? Mit einem Papierhandtuch wischte sie sich das Gesicht ab und entfernte auch die verwischte Wimperntusche. Sie verließ den Raum und als sie wieder an ihrem Platz war, tauschte die andere Frau gern mit ihr. Zwei Stunden später ging es steil bergab. Wer dabei keine Flugangst bekam, der hatte sicher sehr gute Nerven. Wieder krallten sich ihre Nägel in die Lehne.

Als das Flugzeug ausgerollt war, stieg Jette aus. Sie hatte noch zuvor mit Rebecca die Telefonnummern getauscht und deren Hotel war nicht weit entfernt von ihrem. In dem Moment, wo

Jette auf die Treppe trat, dachte sie, dass sie in einen Backofen schaute. Der Pilot hatte in der Durchsage kurz vor der Landung etwas von „Strahlenden Sonnenschein und 45 Grad" gesagt und nun fühlte Jette diese Wärme direkt durch ihre Kleidung auf der Haut. Die Sonne brannte nur so auf sie herunter.

Hier musste sie direkt über den Flugplatz zur Abfertigungshalle hinüber gehen und diese, bestimmt nicht mal hundert Meter bis dorthin, waren schon die reinste Quälerei. Der Beton unter ihr reflektierte die Hitze und verstärkte das heiße Gefühl nur noch mehr. Unterwegs trat sie in einen Klumpen Teer, und dieser hielt ihren Schuh fest. Sie zog das Bein heraus und bückte sich um den Schuh davon zu befreien, macht aber dabei den Fehler, den nackten Fuß aufzusetzen. Ein Gefühl, als wäre sie auf eine glühende Herdplatte getreten, machte sich in ihr breit und für einen Moment sprang sie auf einem Bein herum. Der Schuh klebte immer noch vor ihr und Jette hielt sich ihren Fuß. Das würde bestimmt eine Brandblase geben.

Endlich hatte sie ihren Schuh befreit und den Fuß wieder darin. Nun humpelte sie den anderen hinterher. Das konnte ja ein toller Urlaub werden!

Völlig durchgeschwitzt und humpelnd betrat sie die Halle und sah sich nach dem Gepäck um. Die anderen Gäste hatten sich schon alle verteilt und nur ihr kleiner Koffer drehte noch seine Runde auf dem Band der Ausgabe. Da sie ihren Urlaub selbst zusammengestellt hatte, musste sie sich nun auch noch um alles kümmern. Die anderen Gäste wurden mit Bussen ihrer Reiseveranstalter abgeholt und die Halle leerte sich langsam.

Als sie nach draußen ging traf sie wieder die Glutwand und schon ein paar Augenblicke später hatte sie das nächste Problem. Am Taxistand verstand sie niemand. Ihr Griechisch bestand nur aus ein paar Worten, die sie mal beim Essen aufgeschnappt hatte, doch hier musste sie ja etwas mehr reden. Mit Händen und Füßen versuchte sie es, dabei wurde einer der Taxifahrer auf sie aufmerksam und kam zu ihr herüber.

Ein junger Mann, sicher nur ein oder zwei Jahre jünger wie sie, stand vor ihr und fragte in perfektem Deutsch „Wohin wollen sie?"

6. Kapitel

Wege übers Land

S ie musterte den jungen Mann vor sich. Er war dunkelhaarig, braun gebrannt, wie alle Männer an dem Stand, und das Blitzen seiner weißen Zähne beim Lachen fiel schon vom weiten auf. Von den vielen Männer war er hier der jüngste, wie Jette bemerkte. Sie nannte ihm das Hotel und er begann über das ganze Gesicht zu strahlen. „Das ist ganz in meiner Nähe." sagte er und nahm ihr den Koffer aus der Hand.

Sie gingen an den anderen Männern vorbei und er sagte etwas auf Griechisch. Die anderen Männer lachten und Jette lief ihm einfach hinterher, an der Schlange der Taxis vorbei, bis sie vor einem alten roten Auto stehen blieben. Es war derselbe Typ, wie Jettes Auto, nur etwas älter. Sogar die Farbe war ähnlich. Der Mann öffnete den Kofferraum und legte den Koffer hinein. Als er die Klappe zudrückte sagte er „Ach übrigens, ich bin Grigori." „Jette." sagte sie und gab ihm die Hand.

Sein Händedruck war fest und das gefiel ihr. Der Mann war fast einen Kopf größer als sie und so musste sie zu ihm Aufsehen. Er öffnete die Beifahrertür und holte ein Handtuch heraus, dass er Jette reichte. Sie sah ihn verwundert an und er sagte „Zum Abtrocknen." Bis gerade eben hatte sie nicht mehr daran gedacht, wie schweißgebadet sie von den paar Minuten in der Sonne gewesen war. Seine Gegenwart hatte sie vollkommen in ihren Bann gezogen und alles ringsum vergessen lassen. Sie wischte sich den Schweiß von Armen, Beinen und Stirn. „Wie haltet ihr das hier nur aus?" fragte sie mit einem Stöhnen.

„Bei uns findet alles nur am Abend statt. Hier wirst du ganz automatisch zum Nachtmenschen." antwortete er mit einem Lachen und hielt ihr die Autotür auf. Jette ließ sich in den Autositz fallen und es fühlte sich an, als ob sie in einen Backofen gegriffen hatte. Hier drin war es noch heißer als draußen. Binnen Sekunden war sie schon wieder vollkommen durchgeschwitzt. Er setzte sich neben sie und schaute sie an. Dann griff er hinter sich und gab ihr eine Flasche Wasser. Während er losfuhr hatte sie diese auch schon ausgetrunken. „Wie lange fahren wir denn?" fragte sie und er antwortete „Etwas mehr wie eine Stunde."

40

Grigori hatte die Fenster offen gelassen und so kühlte sie der Fahrtwind etwas ab, aber immer noch war es mehr als heiß hier drin. Sie fühlte sich wie in der Sauna und der Schweiß lief ihr am Rücken herunter. Irgendwie war ihr das selbst unangenehm, aber sie konnte ja auch nichts daran ändern. Ihre Sachen klebten nur so auf der Haut. Sie versuchte sich abzulenken, sah nach draußen und schaute auf die kleinen Straßen, die sich manchmal am Hang eines Berges entlang wanden. Links der Hang nach oben und rechts fünfhundert Meter bis zum Meer hinab. Nur getrennt durch eine kaum hüfthohe Mauer aus Steinen.

Das Meer glitzerte in tiefsten blau, das sie je gesehen hatte. Kleine Segelboote fuhren weit unter ihr dahin und manchmal sah sie die Schaumkronen der Wellen, die sich an vorliegenden Felsspitzen im Meer brachen. Als sie an einer kleinen Bucht vorbei kamen fragte Grigori sie, ob sie sich kurz frisch machen wollte und sie schaute auf das Taxameter. Der Mann schaltete es kurz aus und daraufhin nickte sie. Das Wasser sah so verlockend kalt aus. Grigori parkte am Rande des Sandstrandes, der um diese Zeit anscheinend vollkommen Menschenleer war. Als sie aus dem Auto stieg und nur kurz die Füße auf den Sand setzte, wusste Jette auch warum.

Selbst durch die Schuhe spürte sie die Hitze an den Fußsohlen! Hier konnte niemand ohne Schuhe auch nur in die Nähe des Wassers gelangen. Nun stand sie in etwa fünfzig Metern vor dem erfrischenden Nass und konnte doch nicht hin. Grigori stieg nun ebenfalls aus und holte ein Paar Turnschuhe aus dem Kofferraum, die ihr natürlich bestimmt zwei Nummern zu groß waren, aber da sie diese bis oben hin schnüren konnte, würde sie die Schuhe auch beim Schwimmen nicht verlieren. Sie klappte den Koffer auf und nahm ihren Bikini heraus. „Kannst du dich bitte umdrehen?" fragte sie ihn und er drehte sich, ganz der Gentlemen, auch sofort um.

Als sie sich, nachdem sie die Sachen gewechselt hatte, wieder aufrichtete sah sie ihn im Spiegel des Autos. Und wenn sie ihn sehen konnte, so hatte er sie auch sehen können. Schnell schaute er weg und sie bekam rote Ohren. Damit sie nichts dazu sagen musste, lief sie einfach in ihrem roten Bikini, mit den viel zu großen Schuhen, über den Strand. Es sah sicher etwas komisch aus, wie sie da so lief, aber das Wasser hatte eine angenehme Temperatur. Jette lief nur in etwa soweit rein, dass ihr das Wasser bis zur Hüfte stand und setzte sich dann einfach hin. Die Abkühlung tat ihr gut und schon nach ein paar Minuten lief sie wieder zurück zum Auto.

Auf dem Weg dorthin war der Bikini schon wieder trocken. Der Mann hatte ihre Sachen zum Trocknen in den heißen Sand gelegt und auch diese waren schon wieder getrocknet. Jette nahm ein Handtuch aus ihrem Koffer und rieb sich damit über die Haare, aber das war vermutlich vollkommen unnötig. Mit einem Kamm versuchte sie ihre Haare wieder zu bändigen, aber dazu waren sie nun schon wieder zu trocken. Grigori sah, wie sie sich abmühte und begann ihr zu helfen. Hinter ihr stehend kämmte er ihr Haar so vorsichtig, dass es kaum mal ziepte.

Wie zufällig streifte er dabei ihre Haut an den Schultern und Jette bekam eine Gänsehaut. Diese zufällige Berührung hatte eine Armee von Ameisen über ihren Rücken gejagt. Schließlich war er fertig und gab ihr den Kamm zurück. Dabei trafen sich ihre Augen. Für ein paar Sekunden standen sie einfach so voreinander, bevor er ihr die Sachen gab.

Als sie ihre, nun gut durchgewärmte, Kleidung wieder anhatte, kam es ihr gar nicht mehr so warm vor. Anscheinend hatte sie sich langsam an das Klima hier gewöhnt. „Musst du nicht eigentlich wieder zurück?" fragte Jette, der es so vorkam, als ob er für sie den ganzen Tag Zeit hatte.

Grigori schüttelte den Kopf. „Das war das letzte Flugzeug und ohne dich hätte ich leer nach Hause fahren müssen. Wie schon gesagt, wohne ich nicht weit vom Hotel und somit hat das gut gepasst." Sie warf das Handtuch in den Koffer und klappte ihn zu, dann drückte sie die Kofferraumklappe in das Schloss und setzte sich zurück auf den Beifahrersitz. Wortlos ging die Fahrt weiter. Jette wusste nicht, wie sie im Moment darauf zu sprechen kommen sollte, dass er sie beobachtet hatte und er schien jetzt auch nicht mehr so gesprächig wie zuvor zu sein.

Immer wieder schaute sie zu ihm hinüber. Das Kribbeln war immer noch da, aber nicht mehr so stark, wie bei der Berührung zuvor auf ihrer nackten Haut. Kam das vielleicht vom Schweiß, der bestimmt schon wieder über ihren Rücken lief? Sie wusste es nicht. Nur etwa eine viertel Stunde später bogen sie in die Einfahrt des Hotels ab.

7. Kapitel

Ein kleines Hotel

Es war ein kleines, zweistöckiges Gebäude, an dessen Vorderseite das Wort „Hotel" dran stand, sonst hätte man es vermutlich nicht als ein solches erkannt. Jette stieg aus dem Taxi aus und Grigori reichte ihr den Koffer. Sie drehte sich um und sah den Strand in etwa zweihundert Metern entfernt, direkt hinter einer kleinen Straße, die wie eine Promenade aussah. „Was bekommst du von mir?" fragte sie Grigori und der sagte „Zwanzig Euro." Die sie ihm in die Hand drückte. Das Trinkgeld hatte er ja schon schauenderweise erhalten. Der Mann nickte ihr zu und zeigte auf ein Haus, zwei Reihen hinter dem Hotel, auf einem kleinen Hügel. „Da wohne ich." Dann gab er ihr die Hand, stieg wieder ein und fuhr ab. Ein paar Augenblicke sah sie ihm noch nach.

Ihren Koffer hinter sich herziehend betrat sie die Lobby des Hotels, das innen viel größer war, als es von außen ausgesehen hatte. Durch eine Glasfront konnte sie einen Pool sehen, um den das ganze Hotel herum gebaut war. Auf einigen Liegen lagen Gäste unter großen Sonnenschirmen und einige Kinder planschten in einem kleineren Becken. „Herzlich Willkommen." sagte eine Frau zu ihr und Jette drehte sich um. Eine der Hotelangestellten stand hinter ihr und sah sie fragend an. Jette holte die Reservierung heraus und die Frau holte den Schlüssel, dann begleitete sie Jette zu ihrem Zimmer.

Für ein Einbettzimmer war es sehr geräumig. Auch das Bett war mindestens doppelt so breit, wie ihres zu Hause. Vermutlich hatte man einfach ein Doppelzimmer für sie genommen. Sie war bestimmt eine der wenigen, die hier alleine her kamen. Meist würden es wohl Pärchen oder sogar Familien sein, die hier in dem Hotel übernachteten. Jette drückte der Frau einen Fünf Euro Schein in die Hand und diese verabschiedete sich mit den Worten „Abendessen gibt es ab 17 Uhr." von ihr. Sie begann den Koffer auszupacken und stellte fest, dass sie für das Baden nicht an die Turnschuhe gedacht hatte, aber sicher gab es im Ort einen kleinen Laden, wo sie so etwas erwerben konnte. Schnell war alles ausgepackt und sie auch schon weder in der Lobby.

Der Weg zu dem kleinen Laden war gar nicht so weit. Die Frau am Tresen hatte den Weg gut beschrieben und schon ein paar Minuten später hatte Jette die passenden Turnschuhe gefunden. Aus Stoff, so wie Grigoris, und zum bis über die Knöchel schnüren. Mit der Tüte schlenderte sie über den kleinen Markt. Viel war hier gerade nicht los. Vermutlich der Hitze geschuldet. Einige Männer saßen vor einer Kneipe und spielten irgendein Brettspiel. Ein paar Hunde lagen dösend im Schatten, sonst war hier nichts los. Immer noch stand die Sonne hoch am Himmel und trotz dass es schon nach 16 Uhr war, war es immer noch brütend heiß.

Sie betrat die Lobby und schaute wieder auf den Pool hinaus. Vielleicht sollte sie dort noch ein paar Minuten bleiben, bis es dann später Abendessen geben würde. Sie brachte ihre Sachen nach oben und legte sich dann einfach in Top und kurzer Hose für den Rest der Wartezeit an den Pool. An einer kleinen Bar in der Ecke wurden Getränke ausgeschenkt und da ja alles inklusive war, ließ sie sich auch einen dieser bunten Cocktails bringen. Wenig Alkohol, aber viel Frucht war darin und in der Hitze war das genau richtig.

Nach ein paar Minuten wusste sie, warum die Liege noch leer gewesen war. Als eines der Kinder in den Pool sprang, traf sie der volle Schwall des kalten Poolwassers auf den Bauch. Erschrocken schrie sie auf, der Temperaturunterschied war einfach zu groß gewesen.

Eine Frau in Jettes Alter, vermutlich die Mutter des Kindes, kam mit einem Handtuch zu ihr gelaufen. Da sie ja aber den Bikini noch unter ihren Sachen hatte, zog sie einfach das feuchte Top aus und legte es zum Trocknen hinter sich. Vorsichtshalber zog sie die Liege noch zwei Meter weiter weg von dem Pool.

Jette ließ ihren Blick um den Pool herum wandern. Überall waren nur Paare zu sehen. Wie befürchtet, oder erwartet, war sie hier vermutlich die einzige, die alleine angereist war. Da sie ja aber sowieso nicht hier war, um sich zu erholen, oder besser, nicht nur dazu, war ihr das im Moment auch egal. Sie überlegte sich, ob sie schon am nächsten Tag versuchen sollte, ihren Vater zu finden, oder ob sie erst mal einen Tag Ruhepause nach dem Flug einlegen würde. Sie erinnerte sich, dass Grigori gesagt hatte, dass hier erst am Abend so richtig was los war. Im Moment konnte sie sich das zwar nicht vorstellen, sie hatte ja das verschlafene Nest zuvor gesehen, aber sie war gespannt.

Als das Essen ausgerufen wurde, war ihr Top schon lange wieder trocken und so zog sie es einfach wieder über. Jette war fast die Erste, die in den Raum gekommen war und so war das Buffet noch gut gefüllt. So viele fremdländische Speisen lagen auf den Tellern und sie versuchte erst einmal von jedem nur ein kleines Stück zu holen. Trotzdem war ihr Teller danach gut gefüllt. Sie hatte Mühe, alles zu verspeisen, was sie sich geholt hatte, aber es gelang ihr dann doch.

Sollte sie danach noch mal an den Pool? Jette entschloss sich auf ihr Zimmer zu gehen, um sich für den Abend noch etwas zu erholen. Die Klimaanlage summte. Vorhin hatte sie diese gar nicht gehört, aber vielleicht hatte sie sich ja auch per Zeitschaltuhr eingeschaltet, damit es dann beim Schlafen schön kühl im Zimmer war. Doch an Schlaf war im Moment noch nicht zu denken. Draußen war es immer noch hell.

Sie schaute durch das Fenster auf das verschlafene Örtchen draußen und konnte sich das gar nicht vorstellen, wie man hier, so ohne an Langeweile einzugehen, leben konnte. Sie war zwar auch zu Hause keine Partymaus, aber hier war selbst ihr zu wenig los. In der Hoffnung, dass sich das ändern würde, suchte sie sich ein paar schicke Sachen aus dem Koffer und ging danach unter die Dusche.

Haare und Makeup hatten ganz schön gedauert und als sie in das Zimmer zurückkam, war es draußen dunkel und ihr schien es, als ob jemand den Ort vor dem Fenster einfach so ausgewechselt hatte. Bunte Leuchtreklamen und blinkernde Lichter waren zu sehen. Laute Musik war sogar durch das geschlossene Fenster zu hören. Sie zog das Kleid an und sagte „Auf geht's in die Nacht."

8. Kapitel

Im Gewimmel der Nacht

lles war nun anders. Jette stand vor dem Hotel und sah die Promenade entlang. Alles war in Licht getaucht und es war auch nicht mehr so warm. Vermutlich hatte Grigori recht gehabt, als er das von den Nächten hier am Strand erzählt hatte. Familien mit Kindern gingen die Promenade entlang und in einigen kleinen Lokalen, direkt am Strand, sah Jette die Familien beim Abendessen sitzen.

Die Frau begann an den Lichtern entlang zu schlendern und hörte überall nur laute Musik. Wie ein Nachtfalter dem Licht folgte, so folgte sie den Geräuschen der feiernden Menschen. Schließlich stand sie vor einem Haus, dass man sicher auch aus dem Flugzeug heraus sehen konnte. Blinkende Lichter und eine Lichtleiste rund herum, hoben das Haus mehr als deutlich von der Umgebung ab.

Das blinkende Schild „DISCO" hätte es da gar nicht mehr gebraucht, selbst wenn die Musik nicht so laut gewesen wäre, dass sie Jette schon auf einem Kilometer Entfernung gehört hatte. Sie sah sich um. Immer mehr Menschen strömten zu der Disco. Vermutlich waren es die Jugendlichen, die sich nun, nach dem Abendessen mit ihren Familien, mit irgendeiner Begründung hatten losreißen können. Schließlich trat die Frau ein.

Was Jette sah und hörte, waren zuckende Lichter und zuckende Körper bei einer ohrenbetäubenden Musik!

Fast wäre sie sofort wieder rückwärts hinausgegangen, doch etwas hielt sie in dem Haus. Sollte sie hier alleine, nur für sich selbst, tanzen? Jette stieg eine Treppe nach oben und fand auf einer, rund um die Tanzfläche laufenden Empore, einen freien Tisch, an den sie sich setzte und nach unten schaute. Vor allem junge Menschen waren hier und so wie es aussah, war sie hier die Älteste. Ein Kellner brachte einen bunten Zettel mit Bildern von Getränken darauf und sie zeigte auf einen davon. Zum Reden war es hier viel zu laut, darum sicher auch die Bilder.

Wenig später nippte sie an dem Getränk. Im Gegensatz zu dem Cocktail vom Nachmittag, war nun hier mehr Alkohol als Frucht drin. Das Getränk schmeckte süß und überdeckte damit den sicher reichlich darin enthaltenen Rum. Bereits der Erste hätte genügt, aber sie trank noch zwei weitere, bevor sie mit Wasser weiter machte. Für das Tanzen war sie nun beschwipst genug und es machte ihr nichts mehr aus, hier alleine zu tanzen. Das Licht sorgte dafür, dass sie die Anderen rund herum nur Schemenhaft sah. Aber vielleicht war das ja auch genau so gewollt. Hier konnte man sich unverbindlich kennen lernen, nur die Gespräche würden danach erst draußen folgen können.

Plötzlich spürte sie eine Hand auf ihrem Arm und als sie sich umsah bemerkte sie Grigori, der in einem weißen Hemd und einer Jeans hinter ihr stand. Sie nickten sich zu und tanzten einfach miteinander weiter. Da es meist nur schnelle Rhythmen waren, wusste hier sowieso kaum einer, wer mit wem tanzte und das Licht war auch eher schlecht, um sich dabei zu sehen. Schließlich folgte ein langsamer Tanz und sie fühlte sich so unglaublich wohl in seinen Armen. Jette presste sich ganz eng an den Mann, was ihr sonst bestimmt die Schamesröte in ihr Gesicht getrieben hätte, aber zu Glück war das Licht hier drin ja nicht so gut. Sie spürte die Wärme seines Körpers durch den dünnen Stoff des Kleides. Nach einer

Weile, noch vor dem Ende des Liedes, fasste er sie am Arm und zog sie nach draußen.

Jettes Ohren mussten sich erst wieder an die Stille gewöhnen. Es dauerte eine ganze Weile, bis sie das Rauschen des Meeres hören konnte. Hand in Hand gingen sie die Promenade entlang. „Möchtest du etwas essen?" fragte er sie und zeigte auf ein Fischrestaurant. Jette dachte an den Abendbrotteller und schüttelte den Kopf. Sie war immer noch satt davon. So gingen sie einfach weiter, bis die Promenade endete. Sie dachte zurück, an das warme Gefühl in ihrem Bauch, als sie sich gerade so eng an ihn angeschmiegt hatte, an die Ameisen bei der Berührung am Strand. Konnte das die Wirkung des Alkohols sein? Sicher nicht! Oder nicht nur! Am Nachmittag war sie ja nicht betrunken gewesen! Und da hatte es ihr auch gefallen.

Von einem Meter auf den anderen standen sie im Dunklen. Direkt hinter ihnen war die letzte Straßenlaterne und hier war nur das Licht des Mondes, der von der Seite aus den Strand beschien. „Kommst du mit schwimmen?" fragte Grigori und sie überlegte kurz. Schwimmen wäre schön, aber sie hatte ja keinen Bikini dabei. Offensichtlich merkte er ihre Überlegungen, denn er sagte „Hier sieht dich niemand." und zog sich schon das Hemd aus. „Außer dir." sagte sie und sah wie er nickte. Seine Zähne blitzten im Mondlicht auf, als er lächelte. „Aber du hast mich ja schon gesehen!" setzte sie lachend dazu. Sollte sie wirklich?

Sie sah sich um, wohin sie ihre Sachen legen konnte und bemerkte ein kleines Gebüsch. Schnell streifte sie ihre Kleidung ab und da der Mond hinter ihr stand konnte Grigori nur ihre Silhouette sehen. Er jedoch stand im Lichte des Vollmondes und so konnte sie ihn gut erkennen. Er gefiel ihr gut und trat auf sie zu. Seine Hand streichelte über ihre Schulter und den Hals, dann ergriff er ihre Hand. Jette legte ihren Kopf etwas schräg, dann zog er sie hinter sich her und schon liefen sie zum Strand. Die Schaumkronen der Dünung zeichneten sich weiß ab und wenig später schwammen sie im Mondlicht umeinander her. Sie bespritzten sich wie Kinder mit Wasser und die See hatte gerade die richtige Temperatur zum Baden.

Immer wieder tauchte Grigori unter ihr durch und berührte sie wie aus Versehen. Mal am Bauch, mal an den Beinen oder Armen. Er schien hundert Hände zu haben und Jette gefiel dieses

Spiel. Auch später am Ufer im Sand waren seine Hände überall. Sie glitten über ihren Bauch nach oben und eine Gänsehaut folgte seinen Fingerspitzen. Jette fühlte sich bei dem Mann unglaublich geborgen. Es kam ihr so vor, als ob sie ihn schon ihr ganzes Leben lang kannte. Für einen Moment dachte sie daran, dass ihre Mutter vor 25 Jahren auch hier gewesen war. Vielleicht hatte ihr eigenes Leben genau hier an dieser Stelle im Sand begonnen. Für einen Moment zuckte sie zurück, doch seine Küsse waren einfach viel zu schön. Sie zog ihn auf sich, dann liebten sich im immer noch warmen Sand. Jette ließ sich einfach fallen und genoss seine Kraft, mit der er sich in sie schob.

Eine Stunde später gingen sie, Hand in Hand, zurück zum Hotel. „Kommst du morgen mit mir Rad fahren? Ich möchte dir meine Heimat zeigen." fragte er und sie stimmte gern zu. Mit einem Kuss verabschiedeten sie sich vor dem Hotel voneinander und sie sah ihm noch ein paar Augenblicke nach. Sein Angebot war ihr ganz willkommen gewesen, sie wollte ja sowieso die Gegend erkunden.

9. Kapitel

Berg und Tal

Mit einem, im Hotel gemieteten, Fahrrad stand Jette auf dem Platz vor dem Haus. Es war noch nicht mal neun Uhr und doch war es schon richtig warm. Sie hatte sich mit Sonnencreme dick eingeschmiert und ihre luftigsten Sachen angezogen. Eine weite, kurze Hose und ein T-Shirt, das mindestens zwei Nummern zu groß war. Den Bikini hatte sie drunter und ihre Schwimm-Turnschuhe an den Füßen. Sie schob die Sonnenbrille nach oben und blickte sich um. Noch konnte sie Grigori nicht sehen und so schaute sie noch mal schnell in den Korb am Fahrrad, ob sie auch Wasser und etwas zu Essen mitgenommen hatte.

Neben ihr klingelte ein Fahrrad und sie sah auf. Er bremste direkt vor ihr und Jette lächelte ihn an. Grigori hatte heute auch eher luftige Sachen an, unter denen sie seine Muskeln aber dennoch deutlich sehen konnte. Ein kurzer Kuss und dann fragte er „Bist du bereit?" und sie nickte nur. Wenig später fuhren sie nebeneinander her aus dem Ort heraus. Zum Glück trainierte sie zu Hause immer im Fitnessstudio auf dem Rad, so dass ihr das Fahren nicht so viel ausmachen würde.

Aber schon kurz hinter dem Ort bog Grigori in die Richtung von ein paar Bergen ab. Sie hatte alle Mühe, an ihm dran zu bleiben und anscheinend merkte er das. Der Mann drosselte sein Tempo, bis sie entspannt nebeneinander her fahren konnten. Irgendwie kam Jette hier alles bekannt vor. An jedem Stein, jedem Busch und jedem Baum hatte sie das Gefühl, dass ihre Mutter hier schon mal gewesen war und Jette vielleicht auch schon in ihren ersten Stunden, als kleiner Haufen von Zellen tief in ihrer Mutter.

Kleine Büsche sausten an ihnen vorbei. Selten war mal ein Baum dabei, der höher als zwei Meter war. Die meisten der Bäume waren gerade mal so hoch wie Jette. Aber das lag sicher an den heißen Temperaturen und dem fehlenden Niederschlag. Die Hitze machte ihr auch an diesem Tag zu schaffen. Es war sicher einfacher, im Fitnessstudio bei normalen Temperaturen unter einer Klimaanlage zu fahren, als hier auf diesen Wegen, auf denen man auch noch aufpassen musste, keinen Stein zu übersehen.

Grigori spielte nun den Touristenführer. Er nannte die Namen aller Berge, Orte und sogar die Namen der kleinen Bäche und Quellen. Sie hörte aufmerksam zu, aber all das sagte ihr nichts. Plötzlich hörte sie etwas Vertrautes, Jette bremste und sie blieb stehen. Er bremste nun ebenfalls und schaute zu ihr zurück. Sie schob das Rad zu ihm und fragte „Was war das gerade eben? Was hast du mir da erzählt?" „Meinst du die Muschelbucht?" sie nickte. Er zeigte zur Seite und erklärte, dass das der Platz der Verliebten in seinem Dorf war. In einem der Briefe hatte Alexander von der Muschelbucht geschrieben. „Da will ich hin!" sagte sie und er nickte.

Der Mann lächelte sie an und bog in einen Feldweg ab. Nun fuhren sie hintereinander her, weil der Weg so schmal war. Es ging auf und ab und von einer Klippe herab konnte Jette schon bald das Meer unter sich sehen. Grigori stellte sein Fahrrad ab und sie ihres dazu. Er zeigte nach unten und sagte „Die Bucht sieht wie eine Muschel aus. Darum der Name. Von hier aus müssen wir zu Fuß gehen. Möchtest du da runter?" sie nickte und er ging vorsichtig vorwärts. Immer wieder rutschte Jette kurz ab und er fing sie immer auf. Es war ein ziemlich beschwerlicher Weg. Seine starken Arme hielten sie auf dem Pfad und manchmal konnte man denken, dass er absichtlich diesen schmalen Steg am Hang gesucht hatte.

Endlich waren sie unten. Die Bucht war keine fünfzig Meter im Durchmesser. Ringsum waren dichte Büsche und nur zwei oder drei Stellen waren frei, nur mit Gras bewachsen und gerade mal so groß, dass zwei Menschen nebeneinander dort sitzen oder liegen konnten. Vermutlich waren die Stellen extra dafür von den Büschen gesäubert worden. Eine Seite der Bucht lag im Schatten und genau dorthin steuerte Grigori mit ihr an der Hand. Schließlich saß sie, mit den Füßen im Wasser, direkt am Ufer und Grigori neben ihr. Er hatte seinen Arm um sie gelegt. Sie fühlte sich bei ihm immer noch unendlich geborgen und lehnte sich an ihn. Das warme Gefühl und Kribbeln in ihrem Bauch, das sie schon am Vorabend gespürt hatte, war wieder da. Sie sah ihn von der Seite aus an und er küsste sie.

Auf einmal sprang ein Delfin mitten in der Bucht aus dem Wasser und fiel mit einem lauten Klatschen zurück in das Wasser. Jette sprang auf und zeigte auf das Tier. „Da muss ich hin!" rief sie. Schnell hatte sie die Sachen abgelegt und im Bikini und Badehose sprangen sie in das erfrischende Wasser der Bucht. Schon wenig später schwammen sie zu dem Delfin hinaus und er ihnen anscheinend entgegen. Immer wieder umkreisten sie sich und tauchten umeinander. Nach etwa einer halben Stunde verabschiedete sich der Delfin und die beiden Menschen schauten ihm noch lange nach. Als Jette zum Ufer zurück schwimmen wollte, bekam sie einen Wadenkrampf. Grigori zog sie zu sich, drehte sie auf den Rücken und schwamm dann schnell mit ihr an Land.

Er legte sie in das Gras, zog ihr den Schuh aus und massierte den Krampf weg. Jette schaute nach oben, dachte an den mühsamen Aufstieg, und sagte „Da müssen wir wieder hoch." dann versuchte sie aufzustehen, doch der Mann hielt sie fest und gab ihr einen Kuss. Langsam tastete sich seine Hand an ihrem Bein aufwärts. Jette sah ihn an „Und wenn jemand kommt?" fragte sie und legte ihre Hand auf die seine, die schon über ihren Bauch glitt. Er sah sie an und sagte mit einem schelmischen Lächeln „Hier hört dich keiner. Lass alles raus." für einen Moment wusste sie nicht, was er meinte, doch dann verstand sie und sagte „Du blöder Kerl." beide lachten. Dann küsste er sie wieder und sie öffnete den Verschluss des Bikinioberteils.

Seine Hände glitten höher und Jette ließ sich fallen.

Später zog er sie den Weg wieder hinauf, doch sie wäre noch so gern dort unten geblieben.

Mittlerweile war es Mittag und sie fuhren wieder durch die Gegend. An einem kleinen Gasthof hatten sie Rast gemacht und Jette bestellte sich einen Salat mit einer süßen Nachspeise. Es war ein wirklich schöner Tag und ihre Hormone tanzten vor Freude, wenn sie den Mann ansah. Hatte ihre Mutter hier damals genauso gefühlt? Als sie aufstand fiel ihr ein Gebäude auf, das sie auf dem Foto der Mutter mit den beiden Männern gesehen hatte. Sie war also damals auch hier gewesen. Sie kam sich wie eine Spurensucherin vor. Auf den Spuren der eigenen Existenz.

10. Kapitel

Alexander

Da Grigori an diesem Tag arbeiten musste, hatte Jette beschlossen nun endlich den Vater zu finden, denn schließlich war sie ja deshalb auch hier her gefahren. Nicht nur des Urlaubs wegen und sie hatte schon zwei Tage verloren. Blieben ja nur noch fünf. Der Muskelkater des Radausfluges vom Vortag war nun mittlerweile so weit zurückgegangen, dass sie sich wieder halbwegs normal bewegen konnte. Erst in der Nacht, als sie in ihrem Bett gelegen hatte, hatte sie jeden Muskel gespürt und dann über die Rezeption noch einen Massagetermin bekommen. Nun lag sie auf der Liege und eine junge Frau knetete sie durch.

Da die Frau auch recht gut deutsch konnte, unterhielten sie sich und Jette fragte, wie sie die Adresse finden konnte. Das Haus von Alexander war nicht weit weg. Eigentlich gar nicht schwer zu finden. Trotzdem ließ sie es sich zum Schluss noch einmal aufzeichnen und bedankte sich bei der Frau.

Was zieht man an, wenn man nach so langer Zeit das erste Mal dem Vater gegenüber steht? Noch dazu, wenn der vielleicht über die Existenz der Tochter noch gar nichts weiß. Sie wühlte lange in ihrem Kleiderschrank, obwohl sie doch gar nicht so viele Sachen mitgebracht hatte. Etwas zu kurzes wollte sie nicht tragen und etwas zu langes würde die Hitze draußen nicht zulassen. Schließlich hatte sie eine kurze beigefarbene Caprihose und eine kurzärmlige, helle Bluse an. Für einen Moment dachte sie, dass die Mutter sie aus dem Spiegel ansah, die immer solche Sachen getragen hatte. Und sie sah jetzt fast genau so aus, wie ihre Mutter auf dem Foto. Nur Jettes Haare waren länger.

Sie steckte sich das Foto in ihre Handtasche und ging los. Für die Strecke, die nach Aussage der jungen Frau nur zehn Minuten dauern sollte, brauchte Jette fast eine Stunde. Zweimal war sie zu früh abgebogen und musste zurück und einmal in die falsche Richtung gegangen, was sie aber erst bemerkte, als sie wieder vor dem Hotel stand. Sollte sie den Vater etwa nicht finden? Es war wie verhext! Sie dachte wieder an die Wegbeschreibung, die sie bisher nicht genutzt hatte, zog den Zettel heraus, ging genauso, wie es aufgezeichnet war und hatte nach einer viertel Stunde schließlich das Haus gefunden.

Ein kleines Bauernhaus, mit einer weißen Fassade und einer kleinen Windmühle im Vorgarten, hinter einer klapprigen Tür im löchrigen Zaun. Eine Kinderrutsche stand dort und an einem Gestell hing eine Schaukel. Die Hand auf dem Zaun zögerte Jette. Was war, wenn er verheiratet war und damit auch sicher Kinder hatte? Konnte sie da so einfach hineinplatzen in eine Familie und sagen „Hallo Papa! Hier bin ich!"? So etwas konnte sie doch nicht machen. Aber war sie nicht genau deshalb hier her gekommen? Der Mut verließ sie wieder. Gerade wollte sie sich umdrehen und gehen, als eine Frau mit einem Korb voller Wäsche in den Garten kam und sie auf Griechisch anredete. Die Frau stand keine zwei Meter von ihr entfernt.

Jette verstand kein Wort und sagte nur „Alexander" die andere Frau nickte, stellte den Korb ab und öffnete das Gartentor für Jette, dann rief sie nach Alexander, der kurz darauf mit ein paar Holzstangen hinter dem Haus vorkam. Als er Jette sah, ließ er vor Schreck das Holz fallen, stürmte dann aber auf sie zu und schüttelte ihre Hand. Sicherlich hätte er sie auch gern umarmt, wusste aber nicht, ob ihr das so gefallen hätte und deshalb ließ er es sein. Er führte sie in das Haus und bot ihr in der guten Stube einen Platz an. Alexander war sicher gerade mal fünfzig, aber er hatte schon graue Haare. Die Frau im Garten war offensichtlich seine Frau, denn sie kam hinterher und bereitete ein kleines Essen zu, was sie vor die Beiden auf den Tisch stellte. Überall lag Kinderspielzeug auf dem Boden. Sollte sie wirklich?

Eine ganze Weile sahen sie sich schweigend an, bis er begann. „Du bist doch Rosas Tochter?" fragte er Jette und die nickte. „Wie geht es deiner Mutter?" fragte er weiter und sie begann von dem Unfall und der Beerdigung zu erzählen. Alexander war ziemlich betroffen über das Schicksal der ehemaligen Freundin. Schließlich fragte Jette ihn „Bist du mein Vater?" für einen Moment dachte er nach. „Das kann eigentlich nicht sein. Deine Mutter hat immer darauf bestanden, dass wir Verhüten." „Könnte es denn nicht doch passiert sein? Ich bin ja nur neun Monate nach diesem Urlaub hier geboren worden." „Möglich wäre es schon." sagte er und kratzte sich am Kopf. „Was ist schon zu 100 Prozent sicher." erklärte er weiter und Jette dachte daran, dass ihre Mutter nie die Pille nehmen konnte, weil sie sie nicht vertragen hatte.

Wieder dachte er nach. „Sie hat sich nie gemeldet. Nach einem Monat Urlaub ist sie einfach so verschwunden. Ohne Abschied einfach so."

sagte er und sie erwiderte „Sie hat aber jeden deiner Briefe aufgehoben. Vielleicht hatte sie gemerkt, dass sie schwanger war." Alexander erzählte, dass er dann zwei Jahre später geheiratet hatte. Dass er nie wieder etwas von ihr gehört hatte und von Jette gerade erst durch sie selbst erfahren hatte. „Und warum hast du sie nicht besucht?" fragte Jette, doch er schwieg nur betroffen. Sicher hatte er nicht daran gedacht, sie zu suchen. Die Adresse hatte er ja, sonst wären die Briefe nicht angekommen.

Hier saß sie nun und dieser Mann sollte ja ihr Vater sein, aber irgendetwas stimmte da anscheinend nicht. Wenn sie auf ihr Gefühl hörte, so sagte das eigentlich „Nein!" aber wenn ihre Mutter in diesem Urlaub nur mit diesem Mann zusammen gewesen war, so musste das hier ihr Vater sein! Jette kannte sie zwar erst später, aber sie schätzte ihre Mutter so ein, dass sie sich nie mit zwei Männern gleichzeitig eingelassen hätte. Eigentlich waren nie irgendwelche Männer mehr im Leben der Mutter gewesen. Zumindest konnte sich Jette nicht daran erinnern. Es gab nur sie und die Mutter in ihrer Kindheit. Sie sah den Mann an und etwas Vertrautes lag in seinem Blick. Aber hätte sie nicht irgendein Gefühl haben müssen, wenn sie ihrem Vater gegenüber sitzt?

Alexander erzählte von all dem, was er in den vier Wochen mit Jettes Mutter erlebt hatte. Einiges davon kam ihr nun schon bekannt vor und sie dachte an Grigori. Das warme Gefühl kam in ihren Bauch zurück. Er fehlte ihr nach nur einem Tag. Ging es der Mutter damals ähnlich?

Nach dem sie ein paar Stunden in der Hütte gewesen war, wollte Jette wieder aufbrechen, um Grigori zu suchen, und zum Schluss holte sie das Bild heraus. Alexander schaute es an und sagte „Das ist mein Freund Stavros. Den habe ich seit damals auch nicht mehr gesehen." Jette nickte und stand auf. Sie bedankte sich und ging zur Tür, dort stoppte sie, als sie ein Familienbild auf einem kleinen Schränkchen stehen sah. „Wer ist dieser Mann?" fragte sie und zeigte auf das Bild, dass sie in die Hand nahm. Alexander sagte „Grigori, mein ältester Sohn." Jette nickte erschrocken, stellte das Bild zurück und verließ schnell das Haus.

11. Kapitel

Bruder und Schwester?

Eine ganze Weile war sie einfach nur durch die Gegend gelaufen. Wie betäubt war sie, so, als ob sie gerade vom Zahnarzt gekommen wäre und die Schmerzen waren auch da. Irgendetwas krampfte sich um ihr Herz und lies sie nach Luft schnappen. Jette hatte weder einen Blick für die Menschen, noch ein Gefühl für die Hitze, durch die sie den restlichen Tag lief. Unbarmherzig brannte die Sonne auf ihren Kopf herunter.

Von all dem, was rund um sie herum passierte, nahm sie fast gar nichts wahr. Einmal hätte sie fast ein kleines Kind umgerissen, konnte sich aber gerade noch abfangen und das Kind festhalten. Der Schmerz bohrte sich immer weiter durch ihr Herz.

Nun saß sie auf einer Bank und schaute auf das Meer hinaus. Konnte das sein? Sie hatte sich in ihren Halbbruder verliebt! Hatte sie deshalb so ein vertrautes Gefühl zu ihm gehabt? Warum war das nur passiert? Es gab doch Millionen Menschen hier auf der Insel und sie musste gerade ihn treffen. Die Tränen stiegen ihr in die Augen und verschleierten ihren Blick.

Sie hatte sicher stundenlang heulend hier gesessen, als sich Grigori neben sie setzte und sie zu küssen versuchte. Jette wich ihm aus und auf seine Frage hin, warum sie sich so verhielt, holte sie das Bild aus der Tasche. „Das da ist meine Mutter." sagte sie und er setzte fort „Der eine Mann ist mein Vater. Oder?" und sie nickte. „Es könnte sein, dass ich deine ältere Schwester bin." schluchzte sie.

Für einen Moment dachte er nach, dann nahm er sie in den Arm und versuchte sie zu trösten. Er betrachtete das Bild „Bist du dir sicher?" fragte er und sie schüttelte den Kopf. „Dein Vater ist sich auch nicht sicher." sagte sie unter Tränen. Irgendwie versuchte sie stark zu sein, doch das war nicht leicht. Ihr Herz wollte unbedingt zu diesem Mann, aber ihr Kopf sagte „Nein!" Es durfte nicht sein, wenn er ihr Bruder war.

So blieben sie einfach stumm nebeneinander sitzen. Er hatte sie im Arm und musste erst einmal seine Gefühle sortieren. Für Jette versuchte er anscheinend stark zu sein, doch auch in seinem Inneren wühlte sich offensichtlich der Schmerz durch seinen Bauch. Auch er hatte sich in sie verliebt und wollte sie nun nicht mehr verlieren. Für sie beide überlegte er, was zu tun sei.

Als sich der Tag dem Ende zuneigte, stand sie von der Bank auf und verabschiedete sich von Grigori mit einem Händedruck. Lieber hätte sie ihm ja einen Kuss gegeben, doch das war im Moment nicht möglich. Ihr Kopf verweigerte da die Zusammenarbeit.

Grigori stand nun ebenfalls auf. „Wenn du dir nicht sicher bist und mein Vater auch, wer könnte es dann wissen?" „Ein Vaterschaftstest?" fragte sie, doch er schüttelte den Kopf. „Kann ich das Bild noch einmal sehen?" sagte er und sie zog es noch einmal aus der Handtasche. „Wer ist der andere Mann?" fragte er und Jette sagte „Stavros, ein Freund deines Vaters." „Vielleicht weiß er ja etwas." entgegnete Grigori. Innerlich betete sie darum, dass sich doch alles irgendwie auflösen würde.

Ein kleines bisschen hatte sich der Nebel um Jettes Kopf gelöst und sie war nun langsam wieder in der Lage, normal zu denken. Wo gerade noch der Kummer geherrscht hatte, war nun ein kleiner Funken Zuversicht in ihr. Sie wendeten sich der Promenade zu. Nicht weit von dieser Stelle hatten sie sich geliebt. Erst zwei Tage war das her. Wie gern wäre sie jetzt zu dieser Stelle gegangen, um sich fallen zu lassen, um seine Hände auf ihren Körper zu spüren. Ihn zu spüren! Doch es durfte nicht sein! Nebeneinander her gingen sie die Strecke, der nun langsam aufleuchtenden Lampen, entlang.

„Irgendetwas stimmt da nicht." sagte Jette „Meine Mutter hat alle Briefe deines Vaters aufgehoben und sich nie gemeldet. Sie hatte ja die Adresse und als er aufgehört hatte, zu schreiben, war sie mit mir im sechsten Monat schwanger. Warum hat sie ihm das nicht mitgeteilt? Sicher war sie in ihn verliebt und sie hat immer auf Verhütung bestanden. Entweder ist dein Vater nicht mein Vater oder es war ein Unfall und sie wollte sich das nicht eingestehen."

Der Mann nickte und ergriff ihre Hand. „Vielleicht weiß ja dieser Stavros etwas." wiederholte er fast schon bittend. Jette nickte und da sie nun wieder am Hotel waren, verabschiedeten sie sich. Sie küsste ihn und ging hinein. Ihr Herz hatte sich bei diesem Kuss zusammengekrampft. Sie wollte diesen Mann, aber nicht als Bruder. Langsam ging sie die Treppe hinauf und sah sich noch einmal um. Grigori stand noch vor dem Hotel und winkte ihr zu. Das war alles so ungerecht! Wieder kamen die Tränen hoch und sie ging weiter.

Auf dem Zimmer rief sie ihre Freundin Monika an und erzählte ihr, auf dem Bett liegend, stundenlang von all den Verwicklungen der letzten paar Tage. Mit jeder Minute wurde es ihr schwerer um ihr Herz. „Ich weiß nicht, wie ich weiterleben soll, wenn ich ihn nicht lieben darf." schluchzte sie in ihr Telefon. „Und was ist mit deinem Freddy?" fragte die Freundin und Jette schüttelte den Kopf, ohne daran zu denken, dass Monika das ja nicht sehen konnte. Grigori hatte Freddy vollkommen aus ihrem Herz verbannt. Vermutlich schon im Taxi oder spätestens am Strand, als er ihr seine Schuhe geliehen hatte, als seine Finger ihre Schulter gestreift hatten. „Das ist nicht dasselbe. Irgendwie war Freddy nur Trost gewesen. Grigori aber ist die Liebe!" sagte Jette.

Das spürte sie tief in ihrem Inneren. Mit den Worten „Grigori oder keiner. Ich kann ja noch ins Kloster gehen." beendete Jette das Telefonat. Sie

dachte an die schönen Stunden in der Muschelbucht. Es war gerade mal einen Tag her, dass sie
seine starken und zärtlichen Hände auf sich gespürt hatte und nun? Während draußen alle zur
Disco gingen, blieb sie in ihrem Zimmer und hörte die Musik durch die geschlossenen Fenster. Sie
dachte an den Tanz mit ihm.

Sie vermisste ihn und dachte daran, dass sie
jetzt vielleicht am Strand in seinen Armen liegen
könnte, wenn sie ihm nichts gesagt hätte. Dann
wäre er immer noch in dem Glauben gewesen,
dass alles in Ordnung wäre. „Das ist so ungerecht." sagte sie und verprügelte ihr Kissen, weil
sonst niemand da war, an dem sie ihre Wut aus-
lassen konnte. Wieder flossen Tränen. Schließlich
schlief sie ein und träumte wieder von Grigori
und dem blauen Wasser der Bucht. Wie sollte sie
das nur aushalten? Diese Zerrissenheit war Gift
für sie.

12. Kapitel

Auf den Spuren der Freundschaft

Grigori war in der Hotellobby, als Jette vom Frühstücksraum zu ihrem Zimmer gehen wollte. „Guten Morgen große Schwester." sagte er und sie funkelte ihn wütend an „Damit macht man keine Scherze!" sagte sie. Schnell lenkte er ein und erzählte, dass er mit seinem Vater über den Freund gesprochen hatte. Er hatte sich alles aufgeschrieben, was ihm sein Vater gesagt hatte und nun wollte er mit Jette zusammen versuchen, Stavros zu finden.

Fast wäre sie ihm dabei um den Hals gefallen. Es gab also noch Hoffnung! Die halbe Nacht hatte sie sich vor Kummer die Augen ausgeheult. Sie bat ihn, vor dem Hotel zu warten und eilte auf ihr Zimmer. Was sollte sie anziehen? Sie entschied sich für eine halblange Jeans, die sie selbst mit der Schere über dem Knie eingekürzt hatte, und ein schulterfreies Top. War das zu gewagt? Sie hoffte es nicht und verschwand unter der Dusche. Für Grigori wollte sie sich besonders hübsch machen.

Bereits zwanzig Minuten später jagten sie mit dem Taxi aus dem Ort hinaus. Zuerst fuhren sie ein kleines Stück, bis sie in Nachbardorf anhielten. Ein kleines, windschiefes Haus, in dem sicher schon seit Jahren niemand mehr gelebt hatte, stand dort und die Beiden stiegen aus. Jette ging zu dem Haus und als sie die Tür öffnen wollte, fiel diese mit einem lauten Krachen in das Haus hinein. „Das war Stavros Elternhaus." sagte Grigori „Da hat aber sicher schon zwanzig Jahre keiner mehr drin gelebt." sagte Jette resignierend und schaute hinein. Einer der Spaghettiträger ihres Tops rutschte runter und sie zog ihn schnell nach oben. Vielleicht hatte sie das Kleidungsstück doch nicht so gut gewählt.

Das Haus hatte nur noch ein halbes Dach und einige der Fenster waren auch zerbrochen. Nur kurz ging sie hinein und war sofort wieder draußen. Das war ihr viel zu gruselig da drin. „Und nun?" fragte sie und er zeigte auf ein daneben stehendes Haus. „Wir fragen die Nachbarn!" sagte Grigori und schritt an das Werk. Er klopfe an einem Fenster und eine sehr alte Frau trat vor die Hütte. Sie unterhielten sich eine ganze Weile und Jette, die daneben stand, verstand kein Wort davon. Schließlich ging die Frau wieder in die Hütte und Grigori schüttelte den Kopf. Er ging wieder zum Auto und sagte beim Einsteigen „Dann fahren wir nun zum Gemeindeamt. Er muss sich ja abgemeldet haben."

„Das scheint eine längere Suche zu werden." murmelte Jette vor sich hin und schloss die Autotür hinter sich. Und wieder fuhren sie. Eine halbe Stunde später hielten sie vor einem großen Gebäude. Jette wartete unten am Auto und Grigori ging hinein. An das Auto gelehnt dachte sie nach, warum dies alles geschehen musste. Hätte sie ihre Mutter nicht irgendwann einfach dazu zwingen können, ihr den Namen ihres Vaters zu verraten? Sicher hätte die Mutter sich mit Händen und Füßen dagegen gewehrt, aber einmal hätte sie es dann doch sagen müssen.

Nun stand Jette hier und hoffte, das Grigori eine Spur finden konnte. Immer wenn sie den Mann sah, krampfte sich ihr Herz zusammen. Schon lange suchte sie nicht mehr ihren Vater, um ihn kennen zu lernen, sondern das er bestätigte, das Grigori nicht ihr Bruder war. Sie liebte ihn unsterblich und wollte ihn nicht verlieren. Sie wartete und hoffte, dass er eine Spur finden würde.

Mit einem Mal erschrak sie, was würde sein, wenn sie Stavros nicht finden würden, oder wenn er schon gestorben war? Blieb dann nur der Vaterschaftstest mit Alexander? Wollte sie das wirklich? Und da musste Alexander ja auch noch zustimmen und ob er da mitmachen würde? Schließlich war er orthodoxer Christ, wie Grigori ihr erzählt hatte! Da war so etwas schwierig. Sie sah zu dem Gebäude. Die Tür öffnete sich und Grigori schüttelte den Kopf. Wieder kein Erfolg! Es war wie verhext. „Und wie jetzt weiter?" fragte sie ihn. „Es scheint so, als ob er sich in Luft aufgelöst hat." stöhnte der Mann. „Wir müssen doch irgendetwas machen können. Es kann doch niemand mitten in Europa ohne Spuren einfach so verschwinden!" sagte sie und die Tränen stiegen ihr in die Augen.

„Verdammt." schluchzte sie und Grigori nahm sie tröstend in den Arm. Die Nähe des Mannes tat ihr gut. Sie drückte sich an ihn. „Wo können wir den noch suchen?" schluchzte sie und er zuckte mit den Schultern. „Dann muss ich doch noch ins Kloster gehen." sagte sie und wischte sich die Tränen ab. „Das ist es!" rief Grigori und sie sah ihn entgeistert an. Er küsste sie und sagte „Steig ein." noch immer sah sie ihn an. War das sein Ernst? Er schien ihre Bedenken zu merken und versuchte seinen Gedanken zu erklären. „Stavros war sehr gläubig und die Tatsache, dass wir ihn nicht finden können, könnte darauf hindeuten, dass er in ein Kloster gegangen ist."

Er ließ das Auto an und fuhr mit quietschenden Reifen los. Sie hielt sich im Auto fest und fragte „Geht das nicht langsamer?" „Weißt du, wie viele Klöster es hier auf der Insel gibt?" sie schüttelte den Kopf „Das Foto hast du mit?" fragte er und sie zog das Bild aus der Handtasche. Noch einmal schaute sie auf das Foto. Ihre Mutter und Alexander sahen sich verliebt an. Stavros schaute anscheinend nur zu. Konnte er wirklich ihr Vater sein? Und warum? Was war da passiert?

Bis zum Einbruch der Dämmerung fuhren sie von Kloster zu Kloster. Durch ihre Kleidung musste sie immer draußen warten oder einen, von Grigori im Auto gefundenen, Schal um Kopf und Schultern legen. Das sah zwar ziemlich komisch aus, aber wenn die Tradition es forderte, machte sie auch dies mit. Alles Fragen brachte aber keinen Erfolg ein und Jette hatte schon bald jede Hoffnung verloren. Auf dem Heimweg in das Hotel lehnte sie sich an ihn an und fühlte sich unglücklich. Wie gerne wäre sie von ihm in den Arm genommen worden, doch ihr Kopf verbot es ihr. Konnte sie ihren Kopf nicht einfach ausschalten? In der Dunkelheit sah der Mann ihre Tränen nicht und sie weinte lautlos.

Dieser dumme Kopf stand zwischen ihr und ihrem Glück! Sie wischte sich die Tränen mit dem Handrücken ab. Laut schnaubte sie in ein Taschentuch, das sie aus der Handtasche gezogen hatte.

13. Kapitel

Die Stille des Klosters

Erst spät in der Nacht waren sie wieder beim Hotel angekommen und saßen nun auf dem Parkplatz vor der Hotelauffahrt. Er nahm ihr Gesicht in seine Hände und küsste sie lange. Nie wieder wollte sie dieses Gefühl vermissen und doch rief ihr Kopf immer wieder „Nein! Das darfst du nicht!" Ihr Bauch rief jedoch „Mehr!" Wem sollte sie folgen? Kopf oder Bauch? Das Kribbeln im Bauch war so schön und sie beschloss, den dummen Kopf auszuschalten und ihrem Bauch zu folgen.

Sie liefen zum Hotel, Jette holte bei der Hotelangestellten an der Rezeption ihren Zimmerschlüssel, zwinkerte der Frau zu und lief dann, mit Grigori an der Hand zu ihrem Zimmer hoch.

Die Morgensonne weckte sie wieder. Sie schaute auf den Mann neben sich, mit dem sie eine wundervolle Nacht verbracht hatte. Aber kaum war sie nun wieder wach, meldete sich ihr Kopf zurück. Immer wieder versuchte sie sich selbst damit zu beruhigen, dass er unmöglich ihr

Bruder sein konnte, aber sie brauchte Gewissheit. Sie mussten Stavros finden! Als Grigori erwachte, küsste er sie und Jette zuckte unmerklich zusammen.

„Wie viele Klöster gibt es hier noch?" fragte sie und er strich ihr die Haarsträhne aus dem Gesicht. „So viele, wie du Haare in dieser Strähne hast." antwortete er. „Na dann los!" sagte sie, küsste ihn und stand auf. Sie ging in das Bad und er folgte ihr ein paar Augenblicke später. Als sie nach der Dusche mit dem Föhn vor dem Spiegel stand küsste er die Seite ihres Halses und Jette bekam eine Gänsehaut. Das Kribbeln in ihrem Bauch wurde immer stärker. Sie musste Stavros endlich finden! Und er musste ihr bestätigen, dass er ihr Vater war und nicht Alexander.

Grigori legte seine Hand auf ihre Hüfte und sie musste an sich halten, nicht sofort wieder ihrem Gefühl zu folgen. Jetzt war Kopfzeit!

Das Auto stand noch vor dem Haus und diesmal hatte Jette eine Bluse gewählt, die ihre Schultern bedeckte. So brauchte sie nur das Kopftuch umzulegen und konnte die Klöster betreten. An diesem Tag schien das Glück ihnen gewogen zu sein, denn im zweiten Kloster erkannte einer der Mönche Stavros auf dem Foto. Er war tatsächlich Mönch geworden und nannte sich nun Bruder Maximilian. Vor Freude hätte Jette den Mönch beinahe umarmt und geküsst, konnte sich aber gerade noch zurück halten.

Der Mönch erzählte noch, dass er Stavros, oder Maximilian, vor mehr als zehn Jahren in einem Kloster am anderen Ende der Insel getroffen hatte. Schon wenig später waren sie auch wieder im Auto unterwegs. Man konnte das Glück, über den gefundenen Mönch, in Jettes Augen sehen. Sie strahlte regelrecht und nun mussten sie den Mann nur noch im Kloster finden, oder dort seine Spur aufnehmen. Unterwegs hielt Grigori an einer kleinen Bucht und fragte Jette, ob sie dort zur Erfrischung schwimmen gehen wollten. „Aber nur Baden!" sagte sie mit einem Lachen.

Wenig später planschten sie in dem blauen Wasser der kleinen Bucht, in der aber auch noch andere Badegäste waren, so dass es wirklich beim Baden blieb. Trotzdem fühlte sie sich so unglaublich geborgen in seiner Nähe. Immer wenn er sie, zufällig oder absichtlich, berührte, jagten diese Glücksschauer wieder durch ihren Körper. Sie mussten unbedingt diesen Stavros finden und der musste dann bestätigen, was sie im Stillen hoffte. Er musste einfach ihr Vater sein!

Für ein paar Minuten lagen sie auf dem Sand nebeneinander und schauten in den Himmel. Fast ohne ihr Zutun trafen sich ihre Lippen und wieder war dieses warme Gefühl absoluten Glücks in ihr. Schließlich riss sie sich, schweren Herzens, von ihm los und fragte „Wollen wir weiter?" und er nickte. Am Auto reichte er ihr ein Handtuch zum abtrocken und danach die Sachen zum wieder anziehen. „Wie weit ist das Kloster denn noch weg?" fragte sie ihn, während sie sich die Haare abtrocknete und er zeigte auf einen Berg am Horizont „Dort oben ist es. Wir fahren noch etwa eine Stunde bis zum Kloster." sagte er und legte das Handtuch zurück in den Kofferraum. Jette setzte sich auf den Beifahrersitz und schaute durch die Scheibe auf die Bergspitze, an der sich ihre Hoffnungen nun festmachten.

Schweigend fuhren sie los. Jette war viel zu sehr in ihre Gedanken vertieft. Sie hörte nicht einmal die Musik aus dem Autoradio. Ihren Blick auf die Bergspitze gerichtet, versuchte sie das Kloster irgendwie zu sich heran zu ziehen. Noch war es nicht einmal zu sehen. In kleinen Kurven näherten sie sich dem Fuße des Berges, von wo ab es in Serpentinen den Berg hinauf ging. Nun sah sie die Spitze einmal im linken und einmal im rechten Seitenfenster und genauso ging ihr Kopf immer hin und her.

Endlich, nach fast unendlich langer Zeit, hielten sie auf einem kleinen Parkplatz etwa fünfhundert Meter vor dem Kloster an. „Von hier an geht es zu Fuß." sagte Grigori und stieg aus. Selbst aus dieser Entfernung schien das Gebäude riesig zu sein. Würden sie Stavros dort finden? Er hielt ihr die Tür auf, da sie immer noch im Auto saß und das Haus musterte. Die Frau stieg aus und Grigori hielt ihr das obligatorische Kopftuch hin, dass sie sich für den Weg nur um die Schultern legte.

Hand in Hand gingen sie auf eine große Treppe zu, die zum Eingang des Klosters hinauf führte. Schweigend betraten sie den großen Vorplatz, auf dem viele Menschen zu sehen waren. Die meisten waren sicherlich Touristen, nur ein paar Einheimische waren dazwischen. Jette zog sich den Schal über ihren Kopf und schlang ihn so um den Hals, das er ihre Schultern bedeckte und nicht herunterfallen konnte. Nicht weit entfernt sahen sie einen Mönch, der mit einem alten Reisigbesen versuchte, den Schmutz der Touristen von den Eingangsstufen wieder zu entfernen. Sie gingen zu dem Mann hinüber, Grigori sagte etwas und Jette zeigte ihm das Foto.

Der Mönch nickte und zeigte mit der Hand durch den Eingang, dann sagte er etwas auf Griechisch, das Jette nicht verstand, aber ihr Herz hüpfte schon vor Freude. Offensichtlich lebte Stavros hier in diesem Kloster. Grigori nahm sie bei der Hand und zog sie einfach hinter sich her.

14. Kapitel

Freunde?!

Sie betraten einen großen Raum, an dessen Wänden ungeheuer viele Heiligenbilder hingen. Die meisten waren golden, doch der Ruß der Kerzen hatte einige von ihnen dunkel werden lassen. Manche mochten dort schon hunderte Jahre an der Wand hängen und unter einigen waren Kerzen in kleine Sandnäpfe gesteckt. Im vorderen Bereich war ein Altar, hinter dem eine Wand aus Gold zu sehen war. Jette war durch den Glanz fast geblendet. So eine Kirche hatte sie noch nie gesehen, selbst in den anderen Klöstern, in denen sie vorher gewesen war, war die Pracht nicht so groß gewesen.

„Viele Bewohner der Insel kommen hier her, um den Heiligen zu danken oder um bei ihnen Bitten abzugeben." sagte Grigori leise und die Frau griff sich eine Kerze, zündete sie an und steckte sie in einen der Näpfe, der unter dem Bild des Erzengel Michaels stand. Ihn kannte sie, da es der einzige Engel mit einem Schwert war. Warum sie nun gerade ihn für ihre Bitte ausgesucht hatte, wusste sie vermutlich selbst nicht.

Grigori zog sie zu einer weiteren kleineren Tür, die an der anderen Seite des Raumes angebracht war, und durch die ein wenig Sonne in den Raum fiel, weil sie einen breiten Spalt in der Mitte hatte. Vermutlich war das Holz irgendwann mal zerbrochen und die Mönche hatten die Tür nur notdürftig wieder repariert. Diese defekte Tür sah so sonderbar aus, in einem Raum, der so vom Golde schimmerte. Aber vielleicht war auch genau das der Grund, warum die Tür sie so anzog.

Der Mann öffnete die Tür, und als Jette hinaus trat, sah sie in einen Abgrund. Mehrere hundert Meter unter ihr brandete das Meer an einen Felsen und dazwischen waren nur ein schmaler Weg, nicht mal einen Meter breit, und eine etwa hüfthohe Mauer. Ängstlich schaute sie hinunter, aber der Mann zog sie hinter sich her, den Weg entlang. Dieser schmale Pfad schlängelte sich etwa hundert Meter am Felsen entlang und immer war der Abgrund an ihrer Seite zu sehen. Wenn man hier Höhenangst haben würde, so war sicher jeder Schritt eine Herausforderung.

Am Ende des Weges sah Jette ein paar kleinere Häuser stehen, die sich genauso an den Felsen drückten, wie der Weg. Dorthin zog Grigori die Frau und wenig später stand sie auf einem breiteren Absatz vor einer der Behausungen, die mehr Felsenhöhlen waren, als Häuser.

Eine der Türen stand offen und sie zögerte, ob sie eintreten sollte, doch Grigori schob sie einfach vorwärts. Als sich ihre Augen an das halbdunkel gewöhnt hatten, sah sie ein paar Mönche, die vor einem Heiligenbild knieten und gerade Beteten. Sie blieb neben der Tür stehen und wartete, bis die Männer aufstanden.

Der letzte Mönch in der Reihe war Stavros und sie erkannte ihn sofort. Auch er schien sie erkannt zu haben, den ihm fiel bei ihrem Anblick eine Schale aus der Hand, die zum Glück aus Eisen war, aber ein scheppernd es Geräusch machte, als sie den Boden berührte. Er bückte sich, hob die Schale auf und trat an die Frau heran. Dann nickte er ihr zu und bat sie mit einer Handbewegung aus dem Raum hinaus, auf die Plattform über dem Meer. Der Mann stellte die Schale ab und Jette schaute sich nach Grigori um, aber der war auf einmal wie vom Erdboden verschwunden. Sie brauchte ihn doch zum Übersetzen, aber Stavros begann in gebrochenen deutsch zu erzählen.

„Du bis Rosas Tochter. Oder?" fragte er und sie nickte „Seit langem habe ich mich hier zurückgezogen, um Buße zu tun, für das, was ich damals getan habe." setzte er fort und Jette wurde neugierig. Weiter begann der Mann zu erzählen. Von seinem Freund Alexander, der sich in Rosa verliebt hatte und von sich, seinem besten Freund, der die Beiden um ihre Liebe beneidet hatte. Meist waren sie zu dritt unterwegs gewesen, außer wenn die Beiden mal alleine sein wollten. Schließlich erzählte er „Kurz vor dem Ende ihres Urlaubs war Alexander über Nacht auf Montage außerhalb gewesen. Rosa bat mich, sie zur Disko zu begleiten, in die sie sonst immer mit Alexander gegangen war."

„Wir haben etwas getrunken, gelacht und getanzt und offensichtlich hatten wir dabei einfach ein paar Gläser zu viel gehabt. Du kannst dir sicher vorstellen, dass eins zum anderen geführt hat und wir haben uns am Strand geliebt. Es war nur ein Ausrutscher und wir haben auch nicht auf die Verhütung geachtet, dafür waren wir offensichtlich zu betrunken gewesen. Erst als wir am nächsten Morgen nackt am Strand aufgewacht sind, haben wir begriffen, was wir da angestellt hatten. Es hat deiner Mutter das Herz gebrochen und auch ich konnte Alexander nicht mehr unter die Augen treten." der Mann musste schlucken.

„Deine Mutter ist kurze Zeit danach abgereist und ich bin in das Kloster gegangen. Ein Augenblick hat das Leben von drei Menschen zerstört." beendete er den Satz „Und damit hat das Leben von einem Menschen begonnen." setzte Jette hinzu. Irgendwie sah er überrascht aus und Jette nickte nur. Im Moment musste sie es erst einmal verarbeiten, dass sie das Produkt von zu viel Alkohol gewesen war. Das hatte irgendwie nichts mit Romantik und Liebe zu tun.

Die Frau drehte sich zum Meer um und schaute hinunter. Eigentlich hätte es ihr leicht um ihr Herz sein müssen, jetzt, da sie wusste, dass Grigori nicht ihr Bruder war, doch andererseits hatte sie auf eine andere Geschichte gehofft.

Irgendwas mit Sehnsucht, unerfüllter Liebe, innigen Verlangens und nicht etwas, mit einer Flasche Schnaps. Sie konnte sich das auch gar nicht bei ihre Mutter vorstellen, zeitlebens hatte sie nie etwas getrunken. Aber vielleicht auch wegen dieses einen Erlebnisses. Jette drehte sich um und fragte „Haben sie je mit ihrem Freund darüber gesprochen?" der Mönch schüttelte den Kopf „Das sollten sie aber, wenn sie jemals Freunde gewesen sind." sagte sie weiter und wendete sich dem Ausgang zu. Sie lief den schmalen Weg entlang und plötzlich stiegen ihr Tränen in die Augen.

Auf einmal war Grigori wieder neben ihr, obwohl der Weg das schon fast nicht zuließ. Tröstend nahm er sie in den Arm und sie ließ ihrem traurigen Gefühl noch mehr Tränen folgen. Hätte sie nun eigentlich nicht glücklich sein sollen?

15. Kapitel

Gemeinsame Freuden

Erst im Auto kam Jette wieder richtig zu sich. Irgendwie war das alles zu viel für sie gewesen. Da hatte sie nun gerade den Vater gefunden und im nächsten Moment auch schon wieder verloren. Jetzt konnte sie es der Mutter auch nicht mehr verdenken, dass sie darüber nicht viele Worte verloren hatte. Ein Strand, eine Flasche Schnaps, was war daran romantisch? Sie hatte dadurch die Liebe ihres Lebens verloren, aber sie hatte Jette bekommen.

Ein Ausgleich dafür? Wohl eher nicht. Zeitlebens hatte sich die Mutter dafür sicher gegrämt. Nie wieder hatte sie einen Mann auch nur angesehen, geschweige denn an sich heran gelassen. Wieder hatte Jette Tränen in den Augen.

Sie lehnte sich an den Mann, der neben ihr im Auto saß. Durch die Windschutzscheibe konnte sie das Kloster immer noch vor sich sehen. Stavros hatte sich dort all die Jahre eingeschlossen und tat vermutlich jeden Tag Busse für diese eine Nacht der Sünde, wie er es vermutlich sehen würde. Sie merkte erst jetzt, dass er sie gar nicht nach der Mutter gefragt hatte. Entweder hatte er es sich denken können, oder es hatte ihn nicht interessiert. Wieder etwas, was sie so nicht verstehen konnte. Dieser Mann hatte das Leben seiner Freunde auf dem Gewissen und er dachte, dass er sich hier im Kloster davon reinwaschen konnte. Irgendwie stieg Wut in ihr auf.

„Bitte las uns fahren." sagte sie leise zu Grigori und der ließ den Wagen an. „Ich zeige dir etwas, was dich auf andere Gedanken bringt." sagte er und wendete das Auto. Er fuhr sehr schnell, aber sie hatte keinen Blick für die Umgebung. Zu tief saß immer noch der Schmerz über diese Erkenntnis. Sie waren sicher mehr als zwei Stunden gefahren, als Grigori den Wagen stoppte und sie mit dem Handtuch unter dem Arm einen steilen Weg hinunter führte. Nach ein paar hundert Metern öffnete sich der Weg zu einem Sandstrand, wie er schöner nicht sein konnte.

„Das ist Elafonissi." sagte Grigori „Unser schönster Strand und an der anderen Seite des Meeres ist schon Afrika." beendete er den Satz. Der Strand war wirklich schön und es fehlten nur noch die Palmen, zu einem fast karibischen Sandstrand. Er zog sie an der Hand zur Seite, wo nur wenige Badegäste waren und breitete dort das Handtuch aus. Schon wenig später cremte er sie ein und sie genoss die streichelnden Bewegungen seiner Hände auf ihrem Körper. Mit viel Gefühl massierte er ihr die Traurigkeit weg.

Hier im weißen Sand, mit dem blauen Meer direkt vor sich, ließ es sich aushalten. Jette lag ausgestreckt auf dem Bauch und sah Grigori neben sich liegen. Sie rückten so nah aneinander, dass sich ihre Körper wie zufällig berührten. Es war einfach nur schön und in diesem Moment dachte sie nicht mehr an Stavros. Nur noch Grigori war in ihrem Blick, in ihrem Herz, in ihrem Kopf. Der geliebte Mann an ihrer Seite. Einfach nur schön.

So konnte es bleiben, für Heute, für immer. Grigori stand auf und holte zwei Eis, die er nur mit Mühe ungeschmolzen bis zum Handtuch brachte. Jette setzte sich auf und versuchte den Strom der geschmolzenen Vanillecreme irgendwie zu bändigen, aber das gelang ihr nicht wirklich. Überall hatte sie schließlich das geschmolzene Eis und sie sahen aus, als hätten sie in Eiscreme gebadet. Lachend liefen sie zum Strand, um sich in die Fluten zu stürzen.

Nachdem sie sich lachend gegenseitig das Eis vom Körper gewaschen hatten, schwammen sie eine ganze Weile im Meer. Das Wasser war nicht sehr tief und trotzdem tauchte Grigori immer wieder unter ihr durch. Dabei musste er unwillkürlich ihren Körper immer wieder berühren, denn es ging gar nicht anders. Man hätte hier sicher auch stehen können. Schließlich konnte sie nicht mehr anders und zog ihn zu einem nicht einsehbaren Teil des Strandes.

Dort blieben sie einfach eine ganze Weile zwischen den Dünen liegen und ihr schien es so, als ob diese genau so geformt waren, dass sie vom anderen Teil des Strandes aus nicht einzusehen waren. Hier im warmen Sand genoss sie seine Hände auf ihrem Körper und nun wusste sie auch, dass er nicht ihr Bruder war. Nun stimmte wieder alles. Ihr Kopf und ihr Gefühl sagten „Ja!". Sie wälzten sich durch den Sand. Mal war sie oben, mal er. Jette genoss die liebevolle Vereinigung ihrer verschlungene Körper und erst Stunden später waren sie wieder an dem anderen Teil des Strandes angekommen.

Gerade noch rechtzeitig, um den Sonnenuntergang zu sehen und danach wieder zum Auto zurück zu gehen. Die Frau war so aufgekratzt von den Erlebnissen am Strand, dass sie die ganze Zeit des Rückweges zum Hotel erzählte und sang. Schließlich kamen sie erst im Dunklen und spät abends auf dem Parkplatz vor dem Hotel an. „Lass mich bitte jetzt nicht alleine." sagte sie und sah ihn von der Seite aus an. Grigori küsste sie und stieg aus, dann hielt er ihr die Tür auf und sie liefen zum Hotel. Wieder war dieselbe Angestellte an der Rezeption, die Jette schon mit einem Augenzwinkern begrüßte und ihr dann den Schlüssel übergab.

Aneinander gekuschelt schliefen sie nach diesem aufregenden Tag schnell nebeneinander ein. In der Nacht sah sie den Erzengel von dem Bild im Kloster, wie er sein Schwert hob und damit auf Stavros deutete. War mit dem Vater doch noch nicht alles zu Ende für sie? Oder war es wirklich nur ein Traum gewesen? Als die Morgensonne aufging, setzte sie sich in ihrem Bett auf und schaute auf den schlafenden Mann neben sich. Sollte sie Alexander alles sagen, was sie von Stavros erfahren hatte? Oder sollte sie darauf warten, dass der Mönch zu ihm ging?

Grigori begann sich im Bett zu strecken und sie küsste ihn, danach ging sie in das Bad und stellte sich unter die Dusche, doch er kam ein paar Augenblicke später dazu. Gemeinsam zwängten sie sich in die enge Duschkabine. Haut an Haut mit warmen Wasser darüber. Ein schönes Gefühl. Sanft seifte er sie ein und sie genoss die Streicheleinheiten.

Zum Frühstück konnte er aber nicht bleiben, da er ja nicht in dem Hotel wohnte. Stattdessen lud er Jette in ein kleines Restaurant ein, in dem sie beide gemeinsam frühstücken konnten. Ihr gefiel diese Idee sehr und so liefen sie schon wenig später Hand in Hand über die Promenade.

In dem Moment, als sie das Lokal wieder verließen, hielt ein Bus an der Haltestelle gegenüber und Stavros stieg dort aus. Aus dem Weg, den der Mönch einschlug, schloss Jette, dass er sich seinem Freund anvertrauen würde. Im Gedanken wünschte sie den Beiden viel Glück für diese Aussprache.

16. Kapitel

Stress im Alltag

Der Urlaub neigte sich langsam, oder besser gesagt ziemlich rasant, seinem Ende zu. Jette überlegte, was sie nun tun sollte. Sollte sie in der Heimat alle Zelte hinter sich abbrechen und hier ein ganz neues Leben beginnen? Oder sollte sie zurückgehen und dies hier als Urlaubsflirt betrachten? Hin- und hergerissen zwischen gehen und bleiben, wie schon auf der Vorbereitung für den Flug nach Kreta, versuchte sie mit sich selbst eine Antwort auszumachen.

Aber konnte man in solch einem Falle eine rationale Lösung finden? Konnte man da Entscheiden zwischen Liebe und Arbeit? Oder war das eigentlich völlig unmöglich? Warum eigentlich „Oder"? Warum nicht „Und"? Da musste es doch eine Lösung geben! Sie setzte sich mit dem Telefon an den Strand und rief Monika an, die war nicht so emotional belastet und konnte ihr vielleicht, als Außenstehende, eine Antwort geben.

„Du klingst sehr angespannt." sagte Monika bereits nach ein paar Worten der Begrüßung und

Jette musste ihr da zustimmen. Es war ihr nicht ganz egal, dass die Freundin dies so schnell erkannt hatte. Zusammen versuchten sie eine Lösung zu finden, wo es eigentlich keine Lösung gab. Das Ganze war doch irgendwie unfair. Auch Monika konnte ihr nicht helfen. Oder sie wollte es nicht!

Sollte Jette eine Münze werfen?

Nach dem Gespräch schlenderte sie auf der Promenade entlang und war ganz in Gedanken versunken, als eine Frau sie ansprach. Es war Rebecca, die im Flugzeug, vor so unendlich langer Zeit, neben ihr gesessen hatte. Zusammen gingen sie in ein Café und Jette war ganz froh, dass die Frau sie aus ihren unnützen Grübeleien heraus gerissen hatte. Bei einem Cappuccino erzählte Jette die ganze Geschichte und die andere Frau schaute auf das Meer hinaus, schließlich sagte Rebecca „Ich würde erst mal bleiben."

Nach dem sie sich verabschiedet hatten, ging Jette auf ihr Hotelzimmer, schrieb ihre Kündigung für die Arbeit in der Heimat und gab den Brief in der Rezeption ab. Dann rief sie noch einmal bei Monika an und teilte ihr ihren Entschluss mit. Sie bat die Freundin, auf Arbeit Bescheid zu geben, bis der Brief da sein würde und bedankte sich dann für die Hilfe. Nun musste sie ihr Leben neu ordnen. Da Grigori an diesem Tag auf Arbeit war, musste sie bis zum Abend warten, bevor sie ihn fragen konnte.

In dieser Wartezeit begannen die Zweifel wieder zu nagen. Sie hatte alle Brücken hinter sich abgebrochen, ohne den Mann zu fragen, was er dazu meinte. Wenn sie für ihn vielleicht nur ein Urlaubsflirt gewesen wäre, so hätte sie nun alles falsch gemacht. Die Minuten des Wartens dehnten sich zu Stunden. Sie lief, wie ein Tiger im Zoo, immer in dem Zimmer auf und ab. Von der Tür zum Fenster und wieder zurück. Langsam rückte der Zeiger vorwärts und je öfter sie nach der Uhr sah, umso langsamer ging der Zeiger auf die ersehnte Uhrzeit der Rückkehr des geliebten Mannes.

Endlich war er da und parkte unten auf dem Parkplatz vor dem Hotel, direkt unter ihrem Fenster. Sie rannte aus dem Zimmer, die Treppe hinunter und fiel ihm um den Hals. Zusammen gingen sie die Promenade entlang und sie versuchte ihre Entscheidung ihm irgendwie zu erklären, fand aber nicht die richtigen Worte. Am Ende des

Weges setzten sie sich auf die Bank und es brach einfach aus ihr heraus „Ich möchte bei dir bleiben. Für immer!" sie sah ihn an und bemerkte, dass er überlegen musste. Hatte sie sich doch in ihm getäuscht? Ihr Mut begann zu sinken, doch dann stimmte er ihr zu. Doch schon die nächste Frage von ihm „Wo wirst du wohnen?" ließ ihren Kummer neu aufbrechen. Beinahe wäre sie aufgesprungen und fortgelaufen, doch Grigori konnte sie gerade noch festhalten.

„Ich zeige dir, was ich meine." sagte er und nahm sie bei der Hand. Gemeinsam gingen sie durch den Ort und schon wenig später standen sie an einem Apartmenthaus, an dem er seinen Schlüssel aus der Tasche holte und sie zu seiner Wohnung brachte.

Der Begriff „Wohnung" traf es nur bedingt und Jette wusste nun, was er meinte. Für einen alleine ging das Zimmer, das er bewohnte. Aber für Zwei? Auf etwa zwölf Quadratmetern hatte er alles, was er brauchte. Aber eine Wohnung für ein junges Paar stellt man sich irgendwie anders vor. Für eine Woche mochte das gehen, aber danach würde man sich sicher in die Haare bekommen. „Kann man hier keine Wohnung mieten?" fragte Jette, doch er schüttelte den Kopf. „In der

Saison wird hier jeder Stall für die Urlauber vermietet. Davon leben hier alle. Die Einheimischen wohnen hier alle so." dabei zeigte er auf die wenig einladende Wohnung.

Die Frau setzte sich auf das Bett und sah den geliebten Mann an. „Ich will's versuchen, hier mit dir zu wohnen." sagte sie und er setzte sich zu ihr. Ein langer Kuss war die Belohnung, nach der sie sich den ganzen Tag gesehnt hatten. Noch am Abend holten sie ihre Sachen aus dem Hotel und zog bei ihm ein. Das Bett war zwar schmal, aber was brauchten frisch verliebte mehr, als sich selbst.

Am nächsten Morgen verabschiedete er sich mit einem Kuss am Bett von ihr und dann fuhr er zu seiner Arbeit. „Was nun?" überlegte sie sich. Den ganzen Tag würde sie auf ihn warten und nun musste sie ja auch etwas Geld dazu verdienen. Wenn am Ende des Monats ihr Gehalt ausblieb, musste sie anderweitig zu einer neuen Einnahmequelle kommen. Bloß wo? Sie setzte sich in dem Bett auf und schaute sich noch einmal in der „Wohnung" um. Zuerst war es hier nötig mal ordentlich sauber zu machen und schon ging es los. Vielleicht würde ihr ja dabei auch eine Idee

kommen, wie sie zu ihrem Lebensunterhalt bei-
tragen konnte.

Es hatte keine zwei Stunden gedauert, da hatte sie die Wohnung völlig umgestaltet und sauber
gemacht. Dabei hatte sie auch gemerkt, dass sie
das, was sie in der Heimat gemacht hatte, hier
wohl nicht machen konnte. Aber die Gegend lebte vom Tourismus und da würde sicher auch ein
kleiner Teil Geld für sie hängen bleiben. Sie ging
in das Hotel, in dem sie noch bis zum Vortag gewohnt hatte und bewarb sich dort spontan. Der
Hotelmanager sah sie prüfend an und schon am
nächsten Tag würde sie dort als Zimmermädchen
anfangen.

17. Kapitel

Neue Aufgaben, neue Ängste

Seit mehr als einem Monat lebten sie nun schon zusammen in der kleinen Abstellkammer und irgendwie begannen sie sich schon auf die Nerven zu gehen. Jette regte sich über jede Kleinigkeit von ihm auf und er zog sich immer mehr zurück. Dazu kam dann auch noch, dass man sich auf den paar Metern auch nicht wirklich aus dem Weg gehen konnte. Im Sommer konnten sie ja noch aus der Wohnung an den nahen Strand, aber nun kündigte sich der Herbst an und was würde dann werden?

In immer furchtbareren Bildern malte sie sich einen Winter in dieser Wohnung aus. „Drei Monate hier drin und nicht vor die Tür gehen können!" Das war mittlerweile schon fast eine Schreckensvorstellung geworden. Die Furcht begann an der Liebe zu nagen. Zwar waren sie ja beide den Tag über nicht da, aber abends mussten sie praktisch ihr Leben so organisieren, dass sie zurechtkamen.

Bei einem Stuhl und einem klappbaren Hocker waren die Möglichkeiten begrenzt. Und wenn einer am Tisch saß, blieb dem anderen nur Bad oder Bett. Konnte das ein Leben lang so sein? War das ihre Zukunft für die nächsten Jahre? Jahrzehnte? Grigori machte noch nicht einmal Anstalten, sich um eine größere Wohnung zu kümmern. Er hatte sich offensichtlich damit abgefunden und das machte ihr noch mehr Angst.

In mancher Nacht heulte sie sich in den Schlaf, nachdem er eingeschlafen war. Dazu kam noch, dass er sie in dem Bett gegen die Wand drückte und sie so auch fast keine Nacht durchschlafen konnte. Zwei Menschen auf dem nur einen Meter breiten Bett. Das ging nicht!

Bei ihrer Arbeit fühlte sie sich auch ausgegrenzt. Sie konnte sich mit keiner der Kolleginnen austauschen, da diese nur griechisch sprachen und sie das eben noch nicht konnte. Bis auf ein paar Brocken war ihr diese Sprache fremd geblieben. Grigori tat auch nichts, um ihr das beizubringen. Sie selbst hatte abends oft nicht mehr die Kraft, sich noch zum Lernen hinzusetzen.

„Ich habe einen großen Fehler gemacht!" sagte sie sich jeden Tag stumm im Bad, wenn sie in den Spiegel sah. Nach der Arbeit war sie nun fast täglich an dem Strand, so musste sie nicht in das triste Zimmer zurück. Aber nun war es bei weitem nicht mehr so schön hier, wie in den Tagen des Urlaubs. Die Sonne war nicht mehr so kräftig, damit blieben die Urlauber weg und das Wasser war auch nicht mehr so warm. Die ersten Herbststürme begannen das Wasser gegen den Strand zu werfen.

Eine eher ungemütliche Jahreszeit setzte ein. Und es würde sicher nicht besser werden.

Alexander und Stavros hatten sich anscheinend wieder vertragen, denn Jette sah sie an einem Abend in einer der kleinen Strandbars sitzen. Ein eher ungewöhnlicher Platz für einen Mönch, aber es schien sich niemand daran zu stören. Nur sie war außen vor und gehörte zu keinem von Beiden. Sie gehörte nur sich selbst.

Grau in Grau war der Alltag geworden und Grigori hatte nun auch selten noch ein liebes Wort für sie. Meist kam er nur erschöpft von seiner Arbeit heim. Jetzt, da die Touristen ausblieben, arbeitete er im Hafen und musste jeden Tag schwere körperliche Arbeit leisten. Sie versuchte ihn danach das Essen so gut wie möglich zuzubereiten, doch die Liebe blieb dabei auf der Strecke.

Eines Tages, an ihrem freien Tag, nahm sie sich ein Fahrrad und fuhr zu der kleinen Muschelbucht, wo sie im Urlaub doch so glücklich gewesen war. Doch als sie oben an der Kante stand und nach unten sah, spiegelte sich nur der graue Himmel in dem Wasser der Bucht. Es war ein ziemlich trostloser Anblick und enttäuscht schob sie das Rad wieder zurück. Immer wieder liefen die Tränen über ihre Wangen.

Nichts war mehr so, wie sie es noch vor wenigen Wochen gesehen hatte. Auch Grigori verändert sich zunehmend. Je grauer der Himmel wurde, umso mehr zog er sich auch von ihr zurück. Keine liebevolle Geste war mehr von ihm zu erwarten und die zärtlichen Berührungen, nach denen sie sich so sehnte, fielen auch immer weniger aus. Sie hatte das Gefühl, dass er ihr fast aus dem Weg ging. Nur warum? Sie konnte es sich nicht erklären und immer, wenn sie versucht ihn daraufhin anzusprechen, erhielt sie keine oder eine ausweichende Antwort. „Alles in Ordnung." sagte er meist.

Und so wie er sich von ihr entfernte, so zog auch sie sich in ihr Schneckenhaus zurück. Immer mehr rückten die Wände auf sie zu und engten sie noch zusätzlich ein. Manchmal, wenn sie dort alleine auf Grigori wartete, schienen sie auf sie einzustürzen. Es nahm ihr den Atem und schnürte ihr Herz zusammen. So konnte es nicht weiter gehen.

Als Jette eines Tages feststellte, dass sie schwanger war, brach ihre Welt vollkommen zusammen. Sie sah sich in der Wohnung um und konnte sich nicht vorstellen, hier ein Kind großzuziehen. Am nächsten Tag kündigte sie im Hotel, buchte ihren, immer noch gültigen, Rückflug und packte ihre Sachen, ohne Grigori etwas von ihrer Flucht zu sagen.

Zu dem Zeitpunkt, an dem er für gewöhnlich wieder in der Wohnung war, war sie schon hoch in der Luft über dem Mittelmeer. Sie sah mit Tränen in den Augen zurück auf diese Insel, wo alles so schön angefangen und so schlimm geendet hatte. Drei Monate war sie dort gewesen und fast genauso lange wuchs vermutlich ihr Kind schon in ihr heran.

Am Flugplatz wurde sie von Monika abgeholt, bei der sie auch vorerst einmal wohnen würde. Im Überschwang des ersten Glücks hatte sie ja damals auch die Wohnung gekündigt und nun stand sie mittellos und ohne Bleibe da. Würde sie in ihrer Arbeit noch einmal einen Platz bekommen? Und das, wo sie doch nun auch noch schwanger war? Mehr denn je war sie auf ihre Freundin angewiesen.

Schon lange waren sie Freundinnen und so wie es früher gewesen war, konnte sie sich auch nun auf sie verlassen. Jette tat es gut, das sie jemanden an ihre Seite hatte, der sie verstehen konnte. Nun saßen sie fast jeden Abend zusammen auf dem Sofa in Monikas Wohnung.

Hatte sich nun viel für Jette geändert? Mit Monika konnte sie zumindest reden, Grigori hatte sich zum Schluss nur noch vor ihr verschlossen. Doch so richtig glücklich war sie nun nicht mehr. Oft weinte sie sich auf dem Sofa in Monikas Stube in den Schlaf.

18. Kapitel

Gemeinsam oder einsam?

Weihnachten war vorbei und mittlerweile hatte Jette einen schon beachtlichen Babybauch, den sie vor sich her schob. Es war zwar gerade mal der sechste Monat, aber die Arbeit, die sie als Vertretung nur vorübergehend übernommen hatte, wurde schon langsam zu schwer für sie. Es war nur noch eine Frage der Zeit, bis sie wieder zu Hause bleiben musste.

Sie hatte nun auch wieder eine kleine Wohnung für sich gefunden, die nicht weit entfernt von Monikas Wohnung war. So konnten sich die Freundinnen abends auch mal schnell besuchen. Jeden Abend, wenn sie alleine auf dem Sofa saß, und die Hände auf den Bauch gelegt hatte, überlegte sie, ob und wie sie ihrem Kind erzählen sollte, was da in Kreta passiert war. Aber sie würde ihrem Kind die Wahrheit sagen. Sie wollte nicht, dass es irgendwann mal ein Foto mit der Aufschrift „Kreta 2016" fand.

Immer noch war sie traurig, dass es so geendet hatte. Dass sie ihre große Liebe so verloren hatte. Sollte sie nun für immer alleine bleiben? So wie die Mutter? Noch hatte sie sich da gar keine Gedanken darüber gemacht, aber der Tag würde sicher kommen, an dem ihr Kind diese Frage stellen würde. So wie sie einst ihrer Mutter.

Gerade hatte sie es sich auf dem Sofa gemütlich gemacht, als es an der Wohnungstür klingelte. Sicher war es Monika, die zu so später Stunde noch schnell bei ihr vorbei kam. Doch als sie die Tür öffnete, schaute sie in einen Strauß rote Rosen. Dahinter strahlte sie Grigori an und sie war für eine Sekunde so überrascht, dass sie zu keiner Regung fähig war. Als sie dann den Weg frei gab und ihn herein bat, sah er ihren Bauch und fast hätte er die Blumen fallen lassen. Dann hellte sich seine Miene auf und er fiel ihr um den Hals.

„Ich kann nicht mehr ohne dich leben." sagte er schließlich, immer noch im Flur stehend. Sie zog ihn zum Sofa und sie setzten sich. Sie war immer noch sprachlos über sein Erscheinen und er erzählte einfach weiter, dass er nun in dieser Stadt arbeitete und eine ganze Weile gebraucht hatte, um sie zu finden. Mittlerweile hatte sie sich so gefasst, dass sie ihm nun ihrerseits um den Hals fiel. Die Liebe war wieder da, so wie sie sie in Kreta gefühlt hatte.

Jette wollte, dass ihr Kind seinen Vater kennt und dafür war sie bereit, sich noch einmal auf ihn einzulassen. Eigentlich war es ja nur durch die kleine Wohnung soweit gekommen, dass sie sich irgendwie auseinander gelebt hatte. Das würde nun ja hier anders sein. Diese Wohnung war groß genug für Drei.

All ihre Zweifel schmolzen in seinen Armen dahin. Sie küsste ihn lange und legte ihren Kopf an seine Schulter. Alles war gut! Von nun an würden sie ihre Wege gemeinsam gehen. Die Zeit des einsamen Lebens war für sie vorbei und er küsste sie immer wieder. Konnte der neue Alltag der Belastungsprobe wiederstehen, die sicher auf sie zukommen würde? Ein neuer Versuch? In einem neuen Land?

Sie hatten beide aus den Tagen in Kreta gelernt und versuchten es sich gegenseitig so schön wie möglich zu machen und dazu gehörte ab sofort auch, dass sie über alles miteinander redeten. Jeden Abend nahmen sie sich dazu einfach die notwendige Zeit. Manchmal saßen sie bis tief in die Nacht und erzählten sich alles. Danach kuschelte sich Jette in seine Arme und genoss seine zärtlichen Berührungen.

Als dann endlich ihre Tochter geboren wurde war das Glück für Jette perfekt. Sie hatte mit Grigori das ganz große Los gezogen und einen fürsorglichen Mann und Vater gefunden.

Gern erinnerten sie sich immer wieder an den Tag in der Muschelbucht, und sie nahmen sich vor, im Sommer wieder auf die Insel ihrer Liebe zu fahren, denn schließlich mussten da noch zwei Männer ihr Enkelkind kennen lernen.

ENDE

Von Uwe Goeritz im Verlag BoD (Books on Demand, Norderstedt) ebenfalls erschienene Bücher:

„Cecilia im Bann der Liebe"
ISBN lautet: 978-3-7392-4583-6
Altersempfehlung: ab 16 Jahre

„Was ist Liebe und warum kann sie uns in ihren Bann ziehen? Kann Mann oder Frau das mit dem Kopf entscheiden? Oder ist da eine rationale Entscheidung völlig unnütz? Cecilia, die Heldin dieser Geschichte, beginnt ihrem Kopf zu folgen, wo sie ihrem Herz hätte folgen sollen.

Gibt es für sie die Chance, diese Entscheidung zu revidieren? Oder bleibt sie allein und unglücklich zurück?"

112 Seiten für 6,49 Euro

„Für Immer an deiner Seite"
Die ISBN lautet: 978-3-7412-8407-6
Altersempfehlung: ab 16 Jahre

„Eine junge Frau schaut sich um und blickt zurück auf ihr Leben. „Wann ist die Liebe eigentlich erloschen?" fragt sich Maria, die Heldin dieser Geschichte. Im täglichen Kleinklein des Lebens hat sie sich viel zu weit von ihrem Mann entfernt. Oder er sich von ihr? Gibt es noch eine Chance?

Ist noch etwas Glut unter der Asche ihrer Liebe und kann der Wind der Veränderung die Flamme ihrer Liebe neu entflammen? Oder verweht der letzte Funken für immer und es beginnt ein neues Leben? Mit einem Anderen?"

112 Seiten für 6,49 Euro

„Die Liebe ist (k)ein Ponyhof"
Die ISBN lautet: 978-3-7412-7920-1
Altersempfehlung: ab 16 Jahre

„Manchmal geht es in der Liebe zu wie in einem Ponyhof. Zwei Treffen sich und trennen sich wieder, oder sie bleiben zusammen für immer und bilden eine kleine Familie. Ramona, die Heldin dieser Geschichte, liebt ihr Pflegepferd Rodrigo über alles.

Außer ihm hat sie keine Freunde, weder auf Arbeit noch privat klappt es bei ihr.

Durch Rodrigo ist sie mit der Welt verbunden und durch den Hengst findet sie ihr Glück. Im Ponyhof und auch in der Welt."

116 Seiten für 6,49 Euro

Aktuelle Informationen und Neuerscheinungen finden sie immer im Internet unter:

www.Goeritz-Netz.de